KB036410

낀대세이

낀대세이

펴 낸 날 | 2021년 10월 20일 초판 1쇄

지 은 이 | 김정훈

펴 낸 이 | 이태권

책임편집 | 안여진

책임미술 | 기민주

펴 낸 곳 | 소담출판사

서울특별시 성북구 성북로5길 12 소담빌딩 301호 (우)02880

전화 | 02-745-8566 팩스 | 02-747-3238

등록번호 | 1979년 11월 14일 제2-42호

e-mail | sodambooks@naver.com

홈페이지 | www.dreamsodam.co.kr

ISBN 979-11-6027-270-3 03810

7090 사이에 껴 버린 80세대 젊은 꼰대,
낀대를 위한 에세이

김정훈 지음

소담출판사

일러두기

일부 단어는 사전에 등록되어 있지 않으나, 80년대생 낀대들의 입말 또는 작가의 특수한 사정에 따라 그대로 기재했습니다.

PART 1 | 낀대, 왜냐하면—

PART 2 | 낀대, 그리고.

PART 3 | 낀대, 그래서?

PART 4 | 낀대, 그럼에도 불구하고!

"라떼는 말이야……."
라떼는 소화가 안 돼서 싫다는데도
곧 죽어도 라떼 제조에 힘쓰는
악! 바리스타들의 탄생기.

Part 1

낀대, 왜냐하면

나는, 아니 우리는

왜 낀대가 되어 버린 걸까?

80년대에 태어난 게 무슨 죄길래.

프롤로그

○ 나는 80년대생 꼰대다. 70년대생과 90년대생 사이에 껴 버린 젊은 꼰대. 끼어 있는 세대라는 의미로 '낀대'라고도 불린다. 우리는 위에서 까이고 아래에서 치이는, 양쪽 눈치 다 보느라 정신없는 '불쌍한' 세대다. 프랭크 시나트라의 'My way'가 노래방 18번인 김 부장도 아니고, 나 홀로 칼퇴 하느라 김 부장 노래를 한 번도 못 들어 본 신입도 아닌 애매한 세대. 디지털과 아날로그, 온라인과 오프라인, 본캐와 부캐, 공교육과 사교육. 두 진영의 기압 차가 만드는 치열한 소용돌이 속에서 살아남으려 아등바등한 세대. 어느 쪽에 더 가까이 의탁할지 눈치 보느라 정작 '나' 자신은 제대로 쳐다보

지 못한, '해야 할 일'은 잘 알지만 '하고 싶은 일'은 잘 모르는 80년대생. 중간만 하는 게 최고라는 말을 듣고 자라 진짜로 중간에 껴 버린 80년대생.

나는, 아니 우리는 왜 낀대가 되어 버린 걸까? 80년대에 태어난 게 무슨 죄길래.

며칠 전 80년대생 몇 명이 모인 술자리에 참석했다. 모르는 사람도 꽤 있었지만 그럭저럭 분위기가 괜찮았다. 부동산과 재테크 이야기가 주를 이루다 자연스레 낀대 토크로 넘어갔다. 직업도, 외모도, 성격도, 다른 이들이 하나 되어 일련의 말들을 신나게 떠들어 대기 시작했다.

— 언제부터 cool이란 단어가 유행이 돼 버린 거지?
— 다들 쿨쿨쿨 쿨몽둥이를 맞지 못해 난리야 난리.
— 요즘 랩들도 봐. 전부 다 Cool해. 좋아하는 사람을 앞에 두고도 뜨겁고 열정적으로 '너를 원해!!'라며 사랑을 고백하는 게 아니야. 몇 발자국 뒤에서 팔짱을 끼고 '넌 내 취향 저격.' 그니까 올 테면 오라며 고개만 까딱거린다니까.

— 끝없는 것에 대한 도전이 무의미해져 버린 시대야. 나누어서 딱 떨어지는 합리성을 강조하다 보니, 낭만이 사라져 버린 게 아닐까?
— '나를 사랑하자!' 좋지. 그런데 그거 그냥 게으른 거 아냐?
— 맞아. 이런저런 역할 갈등에 엮이기 싫은 귀찮음이지.
— 가만히 누워 자면서 '난 지금 나를 사랑하고 있는 명상 중.' 뭐 이런 거? 하하.

꼰대의 잔소리에 피곤함보단 애틋함을 느낀다. 꼰대가 아님을 부정하는 것보다 꼰대임을 인정하는 게 편하다. 열정! 열정! 열정! 을 외치는 개그맨을 보며 묘한 카타르시스를 공유하고 술자리 안주로 자신을 희화화한다. '그래, 나는 꼰대지.'라는 자학 개그를 펼치는 우리는 우는지 웃는지 모를 표정의 조커다. 센스 있는 피에로라 생각하지만 남들이 보기엔 무시무시한 조커. 내 웃음이 누군가에겐 위협이 되는 그런 조커.

노래방 분위기를 띄우는데 그룹 Cool의 노래밖에 떠오르지 않는 건 어쩔 수 없대도, 어울리지도 않는 Cool한 미소를 따라 짓는 건 그만둬야 할 텐데 그게 쉽지 않다. '늙은'이 아닌 '젊은'이란 수식어가 붙는 꼰대임이 어디냐며 위안으로 삼는 것 자체가 이미 상당히 꼰대스러운 줄도 모른다.

그래도, 우리 낀대는 기존 꼰대와는 다르다. 쿨한 것에 관심 없는 70년대생도 아니고 정말로 쿨한 90년대생도 아니다. 70년대생에겐 '쿨해야 해요.'라고 조언하고, 90년대생들에겐 '쿨함의 원조는 우리'라는 걸 어필하려는 새로운 DNA다. 쿨보단 핫이 편하긴 하다. 이전 세대로부터 뜨거운 열정을 강요받긴 했지만 요즘 세대처럼 차가운 여유는 가져 본 적이 없어서다.

참 어렵다. 아니 괴롭다. 내 적정 온도를 맞추기도 어려운데, 조직 전체의 온도까지 조절하라니.

이 변종 DNA는 어떻게 탄생한 걸까? 조심스레 그 얘길 해 보고자 한다. 이 책은 이상적인 낀대를 탐구하는 분석서도 아니고 이해를 갈구하는 반성문도 아니다. 그저 1984년에 태어난 80년대생답게, 껴 버린 80세대의 속내를 '찐'으로 토로해 보려는 것이다. 꼰대들을 경멸한다면서도 꼰대의 DNA를 답습해 요즘 세대에게 이래라저래라 하는, 아니 '일해라 절해라'까지 요구해 버리는, 참을 수 없는 낀대의 가벼

움을 적나라하게 털어 보겠다. 새로운 세대를 위한 변명과 기존 세대를 향한 원망을 담아서.

P.S

안다. 내게 젊은 꼰대를 대표할 자격 같은 건 없다. '나'는 다분히 주관적 요소들로 만들어진 인간이므로 '내 삶'을 토대로 '내 세대'를 설명하는 건 월권행위가 분명하다. 뭐, 상관없다. 그 애매한 월권행위 역시 80년대생 낀대의 대표적인 특징이니까.

아니, 아니. 아니고.

○ 일단, 이건 내 의견은 아니니까 그걸 먼저 알아 둬.

위에서 시켜서 얘기하는 거지 진짜 내 진심은 아니거든.

이게 다 조직 때문인데……. 알지?

아, 넌 회식을 잘 안 가니까 모를 수도 있겠다.

내가 니 나이 땐 회식이란 회식은 다 따라다녔는데.

현장에서 얻을 수 있는 지식이나 인맥은 무시 못 하거든.

아니, 아니. 그걸 강요하는 건 아니고. 그게 좀 아쉽다는 거야. 널 아끼는 선배로서.

말 나온 김에 이번에 연차 쓴 것도 말해 줄까?

아무리 연차 쓰란 말을 해도 사실 위에선 안 쓰길 바라거든. 지금이 휴가 갈 때냐며 말이지. 그래도 내가 총대 멘 거다? 요새 애들은 워라벨 지켜 줘야 한다고.

회사 혼자 다녀? 누군 휴가 안 가고 싶어? 이런 얘기 안 듣게 내가 잘 커버 쳤어.

근데, 워라벨이라는 게 '워'랑 '라'의 적절한 밸런스잖아? 그러니까 휴가 가더라도 폰으로 그 '워'는 좀 지켜 주자. 넌 놀지만 회사는 안 놀잖아. 알다시피 회사는 늘 '워War' 상태잖아? 캬— 나 센스 죽이지 않냐. War라벨.

아무튼 비상을 대비해 카톡에 응답 제때 하는 센스는 갖고 있는 게 낫단 얘기야.

아니, 아니. 명령은 아니고. 그냥 그러면 더 좋겠단 얘기지.

근데, 요즘 애들 대단하더라. 회사에서 브이로그도 막 찍데?

퇴근 전에 맛집 검색부터 하는 건 기본이고. 캬— 하고 싶은 거 다 하면서 돈도 받고, 회사만큼 좋은 곳이 없겠네.

아니, 아니. 비꼬는 거 아니고. 나도 꼰대들 싫어한다니까?

근데, 꼰대들이 총대 메는 부분이 있긴 하지.

작은 톱니바퀴가 어긋나면 큰 톱니바퀴가 제대로 굴러갈 수 없거든.

잘못된 거 많지. 근데 그거 모르고 입사한 거 아니잖아 우리.

그런데, 그래서, 뭐, 결국 참고 견디는 거지.

원래 싱싱할수록 더 빨리 상하는 법이거든. 디자인에 신경 안 쓴 물건일수록 잔고장이 적고.

근데 솔직히 말하면, 난 요즘 애들 좀 이기적이라고 봐. 무책임이랄까?

자기 것 챙기고, 진짜 나를 찾자는 거 다 좋다 이거야. 근데, '진짜 나' 이전에 집단에서의 역할이란 게 있잖아? 자유를 호소하기 전에 책임감부터 생각해야 하는 거잖아. 난 그게 그냥 게으른 거라고도 생각해. 여러 역할의 옷을 껴입기 싫은 거지.

아니, 아니. 너 얘기하는 게 아니고. 그냥 요즘 세대. 요즘 애들.

나 때는 말이야, 입기 싫어 미칠 거 같은 옷도 입어야 했어.

한여름에 오리털 패딩? 한겨울에 반팔? 입으라면 입었지. 그러니 체력이 길러진 거야. 인내심. 끈기. 견디는 내성.

아니, 아니. 지금 너한테 그런 걸 입으라는 얘기는 아니고.

꼰대들은 이런 조언 해 주지도 않는다? 난 그래도 너희랑 비슷한 세대니까 공감 능력이라도 있는 거야. 난 니 편이다. 알지?

담배 같은 것도 하지 마 인마. 몸에도 안 좋은 걸 짜식이. 직장 생활은 결국 이 체력이거든 체력. 근데, 담배 하나 있냐? 후—

아니, 아니. 내가 힘들다는 건 아니고.

햄버거

○ 껴 있는 것들은 대체로 안쓰럽다. 장롱 아래 괴어 놓은 종이, 벨트에 압사당하는 뱃살, 지하철 문틈에 껴 버린 가방, 별 의미 없이 앞뒤 단어를 연결해 주는 접속사, 갑작스레 미뤄진 약속 탓에 붕 떠 버린 시간까지.

껴 있는 것들 중 그나마 봐줄 만 한 건 햄버거 패티밖에 없다. 햄버거 역시 수제 버거와 패스트푸드, 건강 음식과 정크푸드 사이에 껴 애매한 자리매김을 하고 있긴 하지만.

80년대생 낀대. 끼인 세대. 위로는 70년대 기성세대가 있고 아래로는 90년대 신세대가 있다는데, 요즘엔 그것도 아니다. 오히려 그 반대다. 기성세대가 든든한 발판이 되어, 신세대를 우러러봐야 한다. 신세대라는 말을 듣고 자랐지만, 신세대는 아닌 세대. 신세대라는 단어를 쓰는 것 자체에서 스멀스멀 풍겨 오는 왠지 모를 꼰대 스멜을 감지하는 센스는 있지만, 그럼에도 불구하고 신세대라는 단어를 대체할 다른 단어가 딱히 떠오르지는 않는 세대. 그렇게 구린 걸 알면서도 구린 걸 행할 수밖에 없는 세대. 그게 낀대다.

꼰대는 꼰댄데 젊다. 그래서 얄밉다고 90년대생들은 말한다. 시스템의 오류를 너무나 잘 알고 있으면서 그걸 바꿀 생각 않고 오히려 견디라는 게 더 밉상이란다. 낀대들에겐 변명거리가 있다. 7차 교육과정으로의 변화에서 갈팡질팡하던 공교육, 경쟁하듯 업그레이드해야 했던 CPU, 모뎀에서 ADSL로 급격히 넘어간 인터넷, 삐삐와 시티폰에 적응할 때쯤 나타난 휴대폰과 각종 디지털 기기, IMF와 금융 위기, 그리고 취업 한파까지. 그 모든 급변하는 소용돌이를 그저 '견뎌'왔기 때문이다.

이길 생각은기녕 맞서 싸울 수도 없었다. 지피지기면 백전

백승이라는데, 뭘 알아야 전투라도 해 보는 것 아닌가. 우린 그 이방인들을 그저 받아들일 수밖에 없었다. 2000년을 전후로 불과 10년 사이에 너무 많은 것들이 등장하고 많은 것들이 바뀌었고, 우린 그러한 시스템의 진화를 위한 테스트 보드였다. 장르를 가리지 않고 이 실험실 저 실험실 불려 다녀야 하는, 다재다능해야 하는 모르모트랄까.

부모인 베이비 부머 세대의 경제적 굴곡을 함께 겪었고 90년대 호황기에 초등학교를 다녔지만 꿈을 키워 나갈 청소년기에 IMF가 닥쳤다. 일터에서 쫓겨나는 아버지와 갑작스레 생계에 뛰어드는 어머니를 지켜봤다. 재산의 축적이나 투자에 대한 욕심을 부릴 여유는 없었다. 그저 한 달 생활비를 감당할 수 있는 월급의 중요성을 절감했다. 그 와중에 좋은 대학은 가야 했고, 2008년에는 금융 위기까지 맞았다. 취업 시장엔 한파가 불어닥쳤다. 쉴 새 없이 터지는 지뢰밭을 지나온 우리에게, 싫은 상사와의 회식쯤은 짜증나긴 해도 견디지 못할 게 아니다. 이만하면 꽤 잘 살아왔다며, 버티는 것의 위대함과 낭만을 부르짖는, 뉴 타입 꼰대는 그렇게 탄생했다.

낀대는 참지 않고 입을 여는 90년대생에게 부러움 반, 우려 반의 묘한 자괴감을 느낀다. 일종의 질투다. 나도 하고 싶은데. 나도 할 수 있는데. 내가 먼저 갖고 있던 불만인데. 들어 주는 사람 없이 소주잔에나 털어 놓던 고독한 외침인데. 그런데 그걸 자유로이 한다고? 내가 못 하는 이유가 뭔데? 그래. 우린 머리가 벗겨지는 줄도 모르고 견우와 직녀, 아니 부장과 신입을 이어 주려 열심히 날갯짓을 하는 까마귀야. 그런데 우리보고 왜 그러고 있느냐 하면 뭐라고 대답을 해야 하지? 너희를 인정해 버리면, 잘못된 걸 외면하고 그저 견디며 살아온 세월이 너무 하찮아져 버리는데.

이것저것 섞어도 티 나지 않게, 분쇄하고 으깨어 버린 고깃덩어리. 갈릴대로 갈린 패티. 그럼에도 햄버거의 맛을 담당하는 가장 중요한 우리 존재, 80년대생 낀대. 파이팅.

내로남불

○ 내는

로동 열심히 하는데!

남들은

불만만 실컷 늘어놓잖아!

국민학교와 초등학교

○ 80년대생들은 국민학교를 입학해 초등학교를 졸업했다. 이 사건은 낀대들의 세계관을 뒤흔든 최초의 혁명이다. 불변할 것 같았던 사물의 명칭이 사라질 수 있다는 걸 경험했다.

익숙했던 것들이 연달아 사라졌다. 명칭의 변경은 교실 형태까지 바꾸기 시작했다. 모서리가 둥근 초록색 2인용 나무 책상이 황토색 1인용 철제 책상으로 바뀌었다. 책상에 금을 그어 네 땅 내 땅을 나누던 놀이를 할 필요도 없이, 짝꿍과의 경계가 생겨 버린 거다. 삐거덕거리던 갈색 나무 의자가 사라짐으로 튀어나온 못에 걸린 니트 올이 풀리는 일도 없어졌고, 분필 지우개를 팡팡 두드릴 때마다 참기 힘들 정도로

날리던 분필 가루를 들이마시는 일도 사라졌다. 그렇다고 폐 건강이 얼마나 좋아졌는지는 모르겠다. 각 교실마다 컴퓨터가 생긴 탓에 운동장을 뛰어 노는 시간이 확 줄어들어 버렸으니까.

답안지를 채우던 사각거리는 연필 소리와 O·X를 사정없이 그어 대던 빨간 색연필도 사라졌다. 그 빨간 필기구는 선생님들에게서 학생들의 필통으로 자리를 옮겼다. 빨간 볼펜과 컴퓨터용 사인펜으로 OMR카드를 작성해야 하는 시대가 온 것이다. 외눈의 괴물같이 생긴 그 카드는 우리가 접한 최초의 신문물이었다. 이게 내 정답을 읽어 낸다고? 세상에.

모나미나 하이테크 같은 기존의 까만 볼펜은 안 되는 건지, 답안 칸은 얼마나 진하게 채워야 하는 건지, 수정 스티커 대신 화이트를 써도 되는 건지, 참 질문도 많았다. 그 사용법이 참 까다롭고 귀찮긴 했지만, 덕분에 시험을 망칠 때 쓸 수 있는 핑계가 하나 더 생겨났다. OMR카드를 밀려 썼다고. 어쩌면 이 변명이, 나의 실패에 대해 시스템 탓을 하기 시작한 첫 발걸음인지도 모른다.

'나는 공산당이 싫어요!' 포스터를 그리고 국민 교육 헌장을 외우던 국민학생들은, 이제 초등학생 자녀를 둔 부모가 됐다. 이들은 여러모로 충격이다. 에어컨, 난로, 컴퓨터가 기본으로 구비된 신식 교실부터 시작해서, 교무실 청소를 하라니까 '우리가 왜요?'라고 당돌하게 반항하는 아이들이라니. 이걸 합리적이고 성숙하며 대범하다고 칭찬을 해야 하는 건지, 그래도 그러는 거 아니라며 야단을 쳐야 할지 감이 안 잡힌다.

심지어 스승은 그림자도 밟으면 안 된다던 말이 완전히 사라지고 선생님과 함께 셀카를 찍는 시대 아닌가. 그 부드러운 교실 분위기는 반갑지만, 한국어도 제대로 모르는 상태에서 영어를 배워야 하는 조기 교육은 좀 버겁다. 프로그래밍 언어를 기본으로 배워야 하는 초등 교육 과정에, 스쿨버스도 아닌 메타버스 세계라니!

이 판타지 같은 세상에서 〈2020 우주의 원더키디〉•도 예상하지 못했을 것 같은 충격은, 아마도 부와 가난에 대한 인식이 아닐까 한다. 물론 국민학생들도 가난의 아픔은 알고

• 공상 과학 TV 애니메이션 시리즈.

있었다. 분홍색 소시지나 멸치볶음만 가득한 차가운 도시락 통과, 돈가스 · 불고기의 변주가 기막힌 보온 도시락 통에서 나는 냄새는 분명 달랐으니까.

은행 직원들이 출장을 오던 매주 화요일 저축의 날도 그랬다. 천 원씩 저금하는 게 일반적이었는데 가끔 만 원짜리 지폐를 자랑하는 부잣집 아이들이 있었다. 그들을 향해 우와—하며 쏟아지는 탄성을 나도 한번 듣고 싶어 부모님을 억지로 조른 적도 있다. 만 원이란 돈이 우리 가족의 일주일 식비인지도 모르고.

만 원은커녕 천 원도 버거워 매주 야단을 맞던 친구들과, 매번 이달의 저축왕 상을 받는 아이에게서 나는 향기는 분명 달랐다. 하지만 냄새와 향기를 구분하는 시선은, 그저 동경이었다. 보통 이상의 특별함에 대한 부러움의 감정이었다. 내가 보통 이하라는 것에 대한 박탈감이 아니었던 거다.

'킹받네'를 외치며 '킹'이라는 단어에 무뎌진 탓인지 몰라도, 킹세종의 만 원짜리 한 장 정도는 이제 초등학생들에게 우스운 단위가 됐다. 성인만큼이나 아파트 평수에 대한 지식이 해박하고, 6살짜리 아이가 아파트 주차장에 있는 벤츠와 람보르기니의 가격을 안다. 아이가 묻는다. 할아버지와 아빠는 람보르기니를 살 수 있는 3억이 있느냐고.

그런 아이에게 만 원짜리 지폐 대신 삼성전자 주식 1주를 사 준다. 시험지 위 선생님의 무서운 빨간색 작대기는 모르지만, HTS의 붉은 양봉에 어른과 똑같은 환호를 한다. 억이라는 단위가 조, 경, 해만큼이나 멀었던 국민학생과는 다르다. 내가 갖고 있는 삼성전자 주식이 몇 퍼센트 올라야 '억'이 되는지 너무 잘 안다. 단순히 화폐의 단위만 아는 게 아니다. 억 소리 나는 소비의 종류를 성인만큼 잘 안다. 다소 괴기스럽긴 하다. 벤치가 아닌 벤츠에 앉고 싶은 초등학생이라니.

그래서 가끔은 국민학교가 그립다. 하루에도 몇백만 원씩 오르는 땅과 아파트값 이야기를 주고받는 초등학교가 아닌, 초록색 책상 혹은 모래사장에 선을 그어 땅따먹기 하고 놀던 국민학교. 코스피 주식 대신 구슬과 공깃돌을 갖고 놀던 그 시절.

이렇게 '라떼는—'이 등장하나 보다. 이렇게 또 우린 새로운 것을 멀리하고 옛것을 추억하나 보다. 미래를 그리는 것

어렵지만 과거를 그리워하는 건 역시 편하다. 변화는 낯설고 변질은 두렵다.

Y의 방

○ 82년생 낀대 Y는 늘 주장한다. 자신이 바로 기성 꼰대와 차별화되는 대표적인 낀대라고. 그 이유는 간단했다.

— 난 강남에서 나고 자라 외국 유학까지 다녀온 확실한 개인주의자거든.

외국 생활이야 그렇다 치고, 강남은 무슨 상관이 있느냐 물었다. Y는 말을 이었다.

— 난 태어날 때부터 '내 방'이 있었어.

'이번 내리실 곳은 내방, 내방역입니다.'

그때 하필 지하철이 7호선 내방역을 지났다. 정말이다. Y가 다시 말을 이었다.

— 가족끼리 각방을 썼다는 거지. 그리고 내 기억 속 부모님은 두 분 다 늘 일을 하고 계셨어. 당연히 두 분 다 서로의 귀가 시간은 물론 나와 내 누나의 귀가 시간에도 큰 신경을 쓰지 않으셨어. 물론 좋으신 분들이었어. 하지만 바쁘셨지 무척.

그래도 아침 식사는 꼬박꼬박 했어. 말하자면 주방과 거실과 화장실을 공유하는 하우스 메이트 느낌으로 생활했달까? 아, 화장실도 세 개는 있었다.

이쯤 되니 지 자랑을 하는 것 같기도 하고,

— 부자가 더 개인주의일 확률이 높은 게 그거야. 좁은 단칸방에서 가족끼리 부대끼며 자는 게 없거든. 가족 구성원의 생활 반경, 삶 등을 굳이 공유하지 않고 그것의 필요성에 대해 딱히 신경을 안 쓰는 거지.

여기서 포인트. '공유'라기보다는 '관찰'의 개념이다. 가족이어도 사생활을 '공유'할 뿐 '관찰'해선 안 된다.

—맞아. 서양의 가정 형태도 관계의 중요성을 모르는 건 아니잖아. 가족의 형태나 의미가 조금 다른 거랄까? 외국인들도 가족을 엄청나게 중요시해. 외국 영화 보면 알잖아. 꼭 함께 모여 식사를 하는 장면. 우리 집도 그랬어. 다들 바쁘고 각자 방에 틀어박혀 있다 보니 식사 시간에 요즘 근황을 이야기하는 게 일종의 규칙처럼 돼 버렸거든? 난 그게 엄청 피로하더라고. 부모님과 대화를 하는 게 아니라 보고를 하는 느낌? 그래서 내가 회식을 싫어하잖아.
어때, 나 꼰대 아니고 낀대 맞지?

Y는 함께 지하철을 타고 가는 내내 자신이 분석한 낀대의 특성에 대해 연설을 늘어놨다. 가족 식사를 하러 간다는 청담역에 도착하기까지 20여분의 시간이, 마치 출근길 지옥철에 탄 기분이었다. Y에게 미안하지만, 그는 그 짧은 시간 안에 아집과 표리부동과 흑백 논리의 완벽한 하모니를 내게 들려줬나. 시극히 한쪽으로 편향된 경험론자의 얘기는 지루

하고 또 괴로웠다. 지하철 우측 문이 열리는 정거장에서 들었던 얘기가 좌측 문이 열리는 정거장이 오기만 하면 자동으로 빠져나가는 것 같았다. 한 귀로 듣고 한 귀로 흘려보냈다는 말이다.

Y의 말도 일리는 있다. 어릴 때부터 내 방, 내 책상, 내 의자, 내 옷 등이 당연히 주어진 사람은 조금 더 '내 것'에 익숙하다. 하나의 이불을 같이 덮고 자고 같은 옷을 형제끼리 물려 입는 사람들에 비하면 당연히 그렇다. 후자일 경우엔 내 것을 갖지 못하는 것에 대해 익숙해진다. 심지어 '내 시간', '내 삶'까지. '관계'와 '상황' 때문에 '나'를 희생하는 것에 길든다.

낀대들은 말한다. 요즘 사람들의 '내 생활 지키기'가 과연 완전한 소유인가 하는 의문이 든다고. '내 것'이 더 중요해서가 아니라, '내 것'을 컨트롤 하는 게 그저 편해서는 아니냐고. 관계를 중요히 여기는 건 당연히 피곤하고 귀찮은 일이고, 그만큼 덜 익숙하단 건 우리도 충분히 안다고.

누구 말이 맞는지 굳이 싸우는 건 피곤하다. 틀린 게 아닌 다름을 인정하는 시대에 굳이 끝장 토론을 할 필요는 없지 않을까. 확실한 건 1인당 국민 소득이 월등히 높아진 요즘, '내 것'을 소유하는 것에 익숙한 세대와 그렇지 않은 세대 사이에 간극이 분명 있다는 사실이다. 그 틈이 바로 낀대의 탄생지다.

적과의 동침

○ 회사는 소리 없는 전쟁터다. 대표적인 전투가 바로 퇴근, 야근과의 전쟁이다. 이 전쟁은 회사의 시스템에 맞서 싸우려는 노동자들의 전투가 아니다. 'Work'라는 고지를 지키려는 80년대생과 'Life'를 지키려는 90년대생이 눈치를 무기로 싸우는, 어이없고 심각한 내전이다. 보스니아 내전만큼이나 잔혹하고 남북 분단만큼이나 비극적인 그런 고질적인 전쟁.

워크 앤 라이프의 밸런스를 맞추려는 90년대생에게 야근은 내 라이프를 그저 방해하는 요소일 뿐이다. 하지만 80년대생에게 야근은 오히려 그 라이프를 유지하게 해 주는 요소로 인식된다. 야근이 워크에 있어 필수 불가결하다면 그것은 기피하는 게 아니라 정복해야 할 대상이라는 거다.

90년대생에게 워크와 라이프가 마치 S극과 S극 사이의 절대 닿을 수 없는 자기장처럼 완전히 동떨어진 개념이라면, 80년대생에게 워크와 라이프는 말 그대로 동전의 양면과 같다.

— 회사에 다니는 모두가 회사가 어찌 되든 내 인생만 챙기면 된다는 생각으로 일하면 회사가 망하지 않을까?

— 내가 다니는 회사가 발전해야 나한테도 좋은 건 맞잖아. 명함에 힘도 생기고.

— 회사에 돈이 없어지면 연봉 상승률 및 월급 지급에도 문제가 생길 거잖아.

— 누군가 야근을 처리해야 한다면 그것을 제대로 사수해서 태극 무공 훈장이라도 받는 편이 라이프를 유지하는 데 오히려 더 도움이 되지 않겠어?

이러한 80년대생 진영의 논리도 완전히 무시할 순 없다. 결국, 둘 다 '내 것'을 지키기 위한 싸움이나. 그래서 내전은

종결돼야 한다. 낀대들도 적이 아닌 동지다. 월급과 연봉 상승, 이직과 퇴직을 사천왕으로 둔, 회사라는 끝판 대장과의 전투를 함께해야 할 동지.

문득 드라마 〈미생〉의 유명한 대사가 생각난다.
'회사가 전쟁터라고? 밀어낼 때까지 그만두지 마라. 밖은 지옥이다.'

하지만 우리에겐 지옥보다 전쟁터의 괴로움이 더 와닿는다. 지옥은 판타지지만 전쟁터는 현실 다큐멘터리니까. 지옥에선 영혼만 힘들겠지만 전쟁터는 육체와 정신 모두 지치게 하니까.

자애와 자해

○ 70년대생과 90년대생을 잘 이어 주라니. 우리에게 너무 무리한 요구를 하는 것 아닌가. 회식 몇 번으로 그들이 통합될 거라 믿는 건 회담 몇 번 했다고 남북통일이 이뤄지길 바라는 것과 다를 바 없다. 가치관과 이상향이 완전히 다른 집단들이다. 회사에 대한 인식만 해도 그렇다.

70년대생에게 회사란 내 인생을 바쳐 온 곳이다. 삶의 반 이상을 회사에서 보냈다. 나의 발전과 회사의 발전이 반드시 같진 않았지만, 나의 흥망성쇠를 함께한 유일한 생명체가 바로 회사다. 하루 24시간 중 가장 많은 시간을 보낸 곳.

결혼하고 자식을 기르고 노후를 대비할 수 있게 해 준 힘이요, 내가 반드시 사수해야 할 베이스캠프와 같은 곳. 당연히 100% 마음에 들진 않는다. 하지만 가족, 친구들도 어디 100% 마음에 들어 함께 하는가. 회사란 또 하나의 가족이다. 마치 어느 대기업의 문구처럼.

90년대생에게 회사란, 내 인생 바치는 걸 되도록 지양해야 할 곳이다. 가족? 웃기는 소리. 반려견이라고 해도 거북스러울 판이다. 삶의 일부는 맞다. 하지만 내 삶을 일정 부분 떼어 내어 그걸 돈으로 환산할 뿐이다. 회사에게 바친, 아니 회사가 떼어 간 내 삶의 구멍을 채워 넣으려 늘 애쓴다. 회사는 내 위에 있는 것도 아니고 나를 잠식해서도 안 된다. 회사와 나는 완전히 개별적 생명체로 동일 선상에 있어야 한다. 말하자면 공생 관계다. 나는 회사의 돈을 받고, 회사는 나의 노동을 필요로 하는 그런 등가 교환의 관계.

요즘 세대는 높은 연봉보다 확실한 퇴근 시간 보장을 더 선호한다. 그런데 일부 과격한 꼰대들은 그 의견과 완전히 다른 노선을 걷는다. 정말로 회사가 집보다 더 편하다는 것이다. 대출금을 갚아야 하는 건물과 대출금을 열심히 갚길 종용하는 가족 구성원이 기다리고 있는 집은 절대 재충전의 공간이 아니다. 키우는 강아지보다도 서열 순위가 낮은 대우를 받는, 또 다른 일터다.

내 집에는 '내 것'이 없지만 회사에는 있다. 내 책상과 내 슬리퍼, 내 업무와 내 직위가 있다. 일할 때 비로소 '내 것'인 인생을 사는 것 같다. 어차피 똑같은 일터라면 서열 놀이를 조금이라도 할 수 있는 회사가 편한 거다.

신세대가 '자애'를 외칠 때, 그렇게 구세대들은 '자해'에 길들여져 버렸다.

무소유

○ Y와 나눴던 얘기를 들은 S가 크게 반문했다. S는 79년생 꼰대다.

S : 과거 '내 것'에 익숙했던 경험이 반드시 현재의 '내 것'에 대한 집착과 이어지진 않아. 내 것에 익숙한 부자들이 오히려 내 것에 대한 집착이 덜한 경우도 많잖아?

그리고 이런 얘길 '굳이' 덧붙였다.

S : 내 것에서 자유로워지는 것이야말로 완전한 소유겠지.

이 타이밍에 무소유의 강조라니. 듣고 있던 93년생 K가 코웃음 쳤다.

K : 건방진 소리죠.

S : (적잖이 당황하며) 응?

K : 무소유는 풀소유 다음 단계 아닌가요? 1초 전에 보면 풀소유, 1초 후에 보면 무소유지 뭐. 풀소유도 못 해 봤는데 뭔 무소유를 해요. 다 가져 본 사람이나 하는 건방진 소리지.

S : 애초에 그런 욕심을 버리라는 거지. 내 손에 있는 것도 내 것, 없는 것도 내 것.

K : 전 불교 안 믿는데요. 나무아미타불…….

영화 색즉시공을 세 번이나 돌려 봤던 S가 어째서 진짜 공즉시색을 외치는지 알 수 없었지만, 나 역시 K의 생각에 동의했다. 내 것이라는 소유의 굴레에서 자유로워지라는 건 불자들이나 할 수 있는 얘기다.

K : 부자가 더 자유로이 돈 쓰고, 더 자유로이 여가 생활 즐기

는 세상이잖아요? 소유할 필요 없단 얘긴, 어차피 아등바등해 봤자 완벽히 가질 수준은 될 수 없으니 일찌감치 다 포기하란 얘기로밖에 안 들려요. 다 가질 수 있는 자유도 있는데 왜 다 버리는 자유부터 찾아요? 차라리 다 갖고 싶어서 아등바등하는 사람이 훨씬 인간미 있고 멋지지 않나.

어차피 다시 내려올 산이니 오르지 않겠다는 사람과, 정상을 정복하고 내려오는 사람은 다르다. 그런 결론은 힘들게 정상을 정복하고 내려온 사람에게도 예의가 아니다. 특히나 요즘의 90년대생들은 말한다. 금과 흙의 계급론은 어쩔 수 없대도, 노력에 대한 가치는 제대로 보장받아야 한다고. 노력을 통해 획득한 걸 숨기기보단 제대로 즐기고 싶다고.

나는 K의 의견에 동의한다. 노오력을 해서 모든 걸 가질 수 있다는 낭만은 줄었지만, 가질 수 있는 걸 갖기 위해 하는 노력의 밀도는 훨씬 높아진 요즘 세대다. 부자가 명품가방을 처분하고 에코백만 들고 다니는 건 일종의 플렉스Flex처럼 보여도, 모든 소유에의 욕망을 포기하라는 말은 그 반대로 들릴 법하다. Xelf. 실패X에 대한 자기 위안Self.

아! S의 말에 등장한, 소유에 대한 집착이 덜해 보이는 진짜 부자들이 있긴 하다. 하지만 그들의 공통점은 따로 있다. 소유에서 자유롭기보단 제대로 된 소유에 집중한다는 거다. 좋아하는 레스토랑에 특별히 방문하는 날이 아니면 외식을 즐기지 않고, 타인의 시선을 의식한 쓸데없는 과소비를 지양한다. 자동차에 관심이 있다면 오직 자동차에만 돈을 쓸 뿐, 품위 유지를 위해 관심도 없는 명품 옷이나 액세서리에 과한 지출을 하지는 않는다. 언제 쓰일지도 모르는 전단지 혹은 잡다한 소품들을 서랍에 쌓아 놓아 정작 중요한 물건을 보관해야 할 때 곤란을 겪는 오류를 범하지 않는 거다. 그때 발생하는 대청소 시간이야말로 가장 쓸데없는 소비일 테니까.

이러한 선택적 소비, 아니 소유는 재테크론에서도 중요하게 대두된다. 내게 중요한 걸 더 견고히 붙잡기 위한 전략을 세워야 한다는 거다. 가질 수 있는 손은 두 개이므로 순위를 정해 필요성이 덜한 걸 과감하게 버리는 게 중요하다고 말한다. 그걸 바로 손절이라고 한다. 현대에 이르러 손절이란 키워드는 대단히 중요하다. 주식도 연애도 손절을 잘하는 사람이 승자가 된다.

그날 S와 K는 불꽃 튀는 설전을 벌였다. 결과는 당연히 K의 승리였다. 방향성이 옳고 그름의 문제가 아니다. S는 '찐'이 아니었던 것이다. 본인도 K의 의견에 충분히 공감은 하고 있었으면서, 그저 이기기 위해 억지를 부리는 양상이 펼쳐졌다. 그럴 만 했다. S역시 무소유를 이야기하기엔 풀소유의 근처에도 가 보지 못한 꼰대로, 엊그제도 나이키 드로우 당첨은 대체 언제 되는 거냐며 울부짖었으니까.

내게도 풀소유는 너무 먼 얘기다. 아주 사소한 '내 것'을 다루는 것에도 익숙하지 않다. 어지러운 서랍을 정리하기 위해 인테리어 소품 숍에 들르긴 하지만 무엇을 사야 할지 몰라 갈팡질팡한다. 내 책상을, 방을, 사람을, 삶을, 어떤 색과 형태로 채워야 할지 여전히 어렵다. 나와 잘 어울리는 옷이 무엇인지 몰라 리뷰를 정독하는, '내 스타일'에 늘 고픈 존재다. '내 것'을 인식하기보단 '내 역할'에 충실한 게 먼저였던, 그런 80년대생이라서가 아닐까 싶다.

이런 생각을 하는 사이에도 S와 K는 소유에 대한 논쟁을 계속했다. 과열되는 둘의 대화를 중재하기 위해 S에게 말했다. 형. 무소유를 얘기하기 전에 우리 특유의 고집과 억지부터 버려야 한다고. 아무리 세상이 다치거나 혹은 미치거나의 양자택일이래도, 다치기 싫어서 미치는 건 좀 아니지 않느냐며 S를 놀렸다. K가 격한 동의의 의미로 엄지를 날려 줬다. 이 정도면 낀대 역할은 충실히 한 것 같은데.

Y의 거실

○ 다시 Y다. 오늘 아침에도 전화가 왔다. S의 이야기는 하지 않았다. 아니, 할 새도 없었다. 전화를 받자마자 다짜고짜, 가족 식사에서 웃픈 경험을 했으니 꼭 이 얘길 써 달라고 했다.

Y : 나 요즘 다시 보는 드라마 있어. 〈미스터 션샤인〉.

Y의 누나 : 어? 나도 보는데.

Y의 부모님 : 우리도 봐. 너흰 몇 편까지 봤니? 우린 10화 볼 차례.

Y & Y의 누나 : 나도!

Y는 이게 좀 아이러니하다고 했다. 종영한 지 한참 된 드라마를 온 가족이 우연히 다시 보고 있다는 사실은 분명 재밌었지만, 그 사실을 10화까지 본 후에야 공유한 건 씁쓸했단다. Y는 방에서 휴대폰으로, 누나는 누나 방에서 아이패드로, 부모님은 거실에서 TV로 그 드라마를 각자 보느라 한집에 사는 가족임에도 불구하고 전혀 소통이 없었던 거다.

Y의 집뿐만 아니다. 온 가족이 거실에 모여 TV를 보는, 이른바 거실 문화가 사라진 지 꽤 됐다. 한때 시대를 풍미했던 시트콤 장르가 사라진 이유가 이 때문이다. 가족 구성원이 한데 모여 함께 TV를 보는 시간이 사라지며, 그 대표적인 장르인 시트콤 또한 불필요해진 거다. 시트콤은 웃음의 장르다. 그것과 연관이 있는지 모르겠지만, 거실 문화가 사라지며 가족이 함께 웃는 시간도 사라졌다.

그런데도 사건 사고로 언성을 높여야 하는 일은 그대로 유지된다. 집단은 개인을 피곤하게 만들기 때문이다. 어쩔 수가 없다. 혼자보다 둘 이상일 때 크고 작은 소란이 더 발생한다. 그것을 해결해야 하고, 그 과정에서 집단을 위한 개인의 희생이 요구될 때가 비일비재하다. 이건 가족도 마찬가지다. 아니 가족일수록 더 그렇다. 가족이란 이름 아래 조건 없는 성실하고 부지런한 희생이 요구된다. 그 육체 · 감정적 노동은 분명 개인의 피로도를 높인다.

그동안은 거실에서 함께 웃고 떠드는 시간이 이 피로를 상쇄시켜 준 거다. 괴롭더라도 함께 웃을 수 있는 집단. 귀찮아도 함께 살아가야 하는 '가족'의 유대감을 이어준 거다. 그런데 그게 사라져 버렸다. 웃음과 대화의 단절은 그렇게 가족의 기능적 요소만 강조해 버렸다. 마치 꺼진 TV 옆에 달랑 놓인 무선 공유기 같다. 묵묵히 내 방과 누나 방과 부모님 방의 와이파이를 이어 주는 그런 존재.

Y에게 물었다. 10화는 온 가족이 거실에 모여 함께 봤느냐고. 그런 훈훈한 결말이었느냐고.

— 응? 왜 그래야 하는데?

Y는 태연히 말을 이었다. 한 달에 한 번 있는 가족 식사인 만큼, 아마도 다음 달 식사에서 각자 본 10화 얘기를 하지 않

겠냐고. 뭐, 까먹고 안 할 가능성이 크긴 할 거라고.

자기 할 말만 하고선 11화를 봐야 한다며 전화를 툭— 끊는 Y를 보며, 내 머릿속에서도 툭— 하고 뭔가 끊어지는 소리가 났다. 아! 각자 생각하는 낭만과 해피엔딩이란 이렇게나 다를 수 있구나. 거실 문화의 소멸을 디스토피아로만 생각한 건 분명한 오류구나. 김낀대 반성해. 오늘도 한 수 배웠다.

낀대의 향기

○ 모든 단어는 저마다 견고한 향기를 품고 있다지만, 향기를 품는 대신 냄새를 풍기는 단어도 있다.

가난이다.

갈아 신지 않아 꾀죄죄한 양말, 빨건 김치 국물 자국이 지워지지 않은 늘어난 러닝셔츠, 쉬어 버린 나물반찬, 감지 않아 번쩍번쩍 떡이 진 머리, 곰팡이 핀 벽지의 비린내와 재래식 화장실……. 어린 시절 알고 있던 가난에서는 분명 냄새가 났다. 그런데,

성인이 되어 알게 된 가난의 무서움은 따로 있었다.

냄새를 묻히고 다니던 가난은 어설픈 녀석이었다. 지독한 가난은 사람의 고유한 향기를 빼앗아 버린다. 취향趣向, 성향性向, 이상향理想鄕까지. 향이란 향은 전부 다 가난에게 빼앗긴 이는 무색무취 재미없는 인간이 돼 버린다. 향기를 잃어버린 그는 멋지고 진한 향기를 가진 타인을 무의식중에 거부하며 자신을 고립시키기도 한다. 가난은 고독이라는 숙주를 좋아한다. 끝내주게 집착 강한 연인이다. 제 손에 쥐락펴락하려 숙주가 운신할 폭을 좁힌다. 생의 단면적을 줄어들게 한다. 경험과 가능성과 꿈과 희망의 길이를 압축시켜 쪼그라들게 만든다. 모든 것의 우선순위에 자신을 앞세우는 가난은, 숙주의 자유를 구속한다. 도망치지 못하게 찰싹 붙어선 자신의 존재를 어필하려 한다. 언제 어디서나 누구에게나. 불쑥불쑥 티를 낸다. 좀 숨기라도 하라니까. 눈치 없는 놈.

낀대라는 단어에선 어떤 향기가 나는 걸까? 내겐 아무 향기도, 냄새도 안 느껴진다. 꼰대의 냄새와는 달리 낀대에게신 향기도, 냄새도 맡을 수 없다. 그게 더 서글프다.

가난이 붙어 있을까 봐 걱정이다. 디지털과 아날로그, 70

년대생의 관록과 90년대생의 재기발랄함을 모두 갖고 있으면서도 아무 향기를 품고 있지 않은 우리. 양측 진영 사이 좁은 단칸방에 사느라 향기를 빼앗겨 버린 극빈층이 된 건 아닌지.

이메일

○ 인터넷이라는 외계 생명체를 처음 접한 건 중학교 2학년 즈음이다. 그때 처음 만든 이메일 계정이 라이코스였다. '좋았어! 라이코스!'라는 CF 억양이 인상적이었던 바로 그 라이코스.

어느새 54년생 우리 아버지도 메일로 자료를 받아 보는 세상이 됐지만, 그때는 이메일 계정이 너무나 생소한 것이었다. 그만큼 콘텐츠 시장에서 핫한 아이템이기도 했다. 록 밴드 '내귀에 도청장치'가 대중적 인지도를 얻게 된 노래 제목이 'E-mail'이었으며, 심지어 이런 개그까지 유행했을 정도니까.

—메일 주소 좀 가르쳐 주시겠어요?

—XX시 XX구 XX동…….

난 적응력은 빨랐으나 창의력이 부족했다. 계정 아이디를 만드는 게 참 고역이었다. 한 번 만들면 절! 대! 바꿀 수 없다는 그 말이 왜 그리 무섭게 느껴지던지.

이건 우리 80년대생들에게 인생 최초의 창의력 테스트이자 도전(?)과도 같았다. 작명이라니! 태어날 때부터 내 의지와는 상관없이 정해져 있는 이름 때문에 숱한 별명이 만들어져 놀림받던 우리가, 스스로 이름을 만들 수 있다니!

이름뿐이었겠는가. 그 시절 창조와 변화는 어른의 몫이었고 우리 역할은 그저 윗세대가 견고히 만든 세상을 성실히 잘 따르고 유지하는 것이었다. 선생님과 부모님 말씀을 잘 듣고 규칙을 잘 지키는 '모범생'이란 말이 최고의 칭찬이었으며, 그것으로 표창장을 받는 게 집안의 자랑이었던 시대다. 경필 쓰기 노트를 또박또박 잘 채우는 초등학생은 있어도, 한글을 파괴해 신조어를 만드는 초등학생은 결코 상상할 수 없던 시대. 비언어적 의사소통으로 겨우 택할 수 있었던 건 문자 기호를 조합해 만든 감정 이모티콘밖에 없던 시대. 하지만 그것조차 편지나 책 문장에 쓰는 것은 허락되지 않던 시대.

창의력이 필요하단 건 체력은 국력이란 말만큼이나 거리감 느껴지는 말이었다. 개성이란 단어가 처음 등장했고, 그것이 중요하다는 얘기가 스멀스멀 등장하긴 했으나, 그것이야말로 개성 없는 시대였음을 반증하는 것이라고 생각한다. 개근상과 모범생 표창장을 싹쓸이했던 당시의 나는, 그래서 대단히 성실했으나 결코 창의적이지는 못한 학생이었다.

뭐, 당연히 그 시절에도 창의적인 애들은 있었으니 내가 창의적이지 못한 걸 시대 탓으로 싸잡을 순 없다. 그래도 그냥 너그러이 이해해 주면 좋겠다. 복고라는 것이 완벽한 판타지가 되는 이유는 '모든 좋은 건 내 탓, 안 좋은 건 시대 탓'을 할 수 있는 자유 때문이란 말도 있으니까.

아무튼 창의력이 더럽게 없던 내가 만든 회심의 아이디가 바로 이거였다.

cool***

(부끄럽다. 이런 허접하고 평범하고 형편없고 느끼하고 재미없는 작명 센스를 가진 내가 글을 쓰고 있다니. 역시 나의 가장 큰 적은 나라는 게 확실하다.)

아이디를 만든 의도는 전혀 기억나지 않지만 cool이라는 단어를 굳이 넣어야 했던 감정만큼은 선명하다. 특별한 이유는 없다. 그저 쿨— 하고 싶었다. 미래의 콘텐츠 업계 종사자의 센스가 그때 문득 발휘되어 쿨이라는 단어의 유행을 예상한 건 아니었으리라. 오히려 전혀 쿨하지 못한 내 유전자가 미래를 대비했던 생존 본능에 가까웠을 순 있어도.

1997년 당시엔 쿨이라는 단어가 지금처럼 유행할 기미 같은 건 전혀 보이지 않던 때다. 대체 어디서 쿨이라는 단어에 매료됐는지 모르겠지만 쿨—이라는 단어가 좋았다. 뜨겁지도 차갑지도 않은 적절한 온도. warm이라는 단어와는 다른, 쿨내 나는 어감.

쿨은 본디 핫hot의 반의어였을 뿐이다. 핫의 반대는 콜드cold지만, 문맥적으로 냉정함의 의미가 요구될 땐 콜드보다 쿨을 써 왔다. 그러한 '침착, 자제'의 의미가 현재 이르러 '멋 있다, 훌륭하다'의 의미까지 포함하게 됐다. '열정! 열정! 열정!'을 외치는 뜨거움은 오히려 유희적인 밈meme이 되고, 포기하지 않는 낭만보다 적당한 포기를 동반하는 합리적 선택이 우선되는 요즘 시대. 열심히 하는 것보다 잘하는 사람이 인정받는 시대적 성향이 반영된 현상이다.

철을 뜨겁게 달구어 고속 성장을 이뤄야 하는 시대가 훌쩍 지나 차가운 반도체의 시대 아닌가. 쇳물을 녹이는 용광로를 만들기보다 지구의 온도를 1℃라도 식히는 아이템이 차세대 성장 사업이고, 뜨거워진 CPU를 식혀 주는 쿨링 팬 없이는 컴퓨터가 터져 버린다. '차갑고 서늘함'은 더 이상 섭섭함의 단어가 아니다. 시원해서 멋있고, 훌륭하다.

농경 사회에서 밥을 짓고 고기를 익히는 것도 불, 산업 사회에서 내연 기관의 발달을 이뤄낸 것도 뜨거운 불이긴 하다. 하지만 불을 소유하는 사람이 승자가 되던 시대는 이제 지났다. 온도를 컨트롤할 수 있는 사람이 승자다. 가스레인지와 보일러는 대부분 갖고 있기에 온도를 최대로 올리는 것쯤은 더는 어려운 일이 아니다. 대신 '적정' 온도를 맞추는 게 어렵다. 연애의 온도, 관계의 온도, 삶의 온도. 요리 방법

중에도 중탕으로 조리하는 게 제일 어렵지 않은가.

우리 80년대생들은 이 쿨함에 결국 굴복해 버렸다. 쿨할 수도 없는 사람들이 쿨내 나는 행동을 하려 하니 참 안 어울린다. 웃음이 난다. 마치 내 이메일 아이디 같다. 생애 최초의 창의력 발현에 열정적이었던 어느 80년대생이 만들어 놓은, 진지하지만 유치하고 그래서 더 우스꽝스러운 결과물. 삭제라는 방법 외엔 절대 바꿀 수도 없는, 쿨하지 못해 미안한 그런 나의 웃픈 아이디.

쿨에 대한 단상

- 쿨한 척하는 사람들을 향해 '쿨 몽둥이 맞았냐?'는 농담을 한다. 하필 몽둥이 메타포라니. 쿨이라는 단어의 기원을 알게 된다면 조금은 흠칫할 농담이다.

- 쿨하다는 말의 기원은 두려움이다. 흑인 노예들의 절망감에서 탄생했다. 탈출구 없는 노예들이 자포자기 심정을 감상적으로 포장한 말이랄까? 삶을 포기하고 싶을 정도의 엄청난 스트레스와 두려움, 그리고 도무지 해결할 수 없는 문제들을 외면하면 몸도 마음도 편해질 거라는 믿음. 그게 바로 쿨하다는 말의 탄생 배경이다.

- 노예 제도가 존재할 때의 노예가 지금의 노예보다 더 행복했다는 의견(완전히 동의하지는 않는다)도 있다. 그 숙명을 바꿀 수 없다는 절대적 굴레 안에 갇혀, 오히려 제도에 대한 불만 없이 그 한계 내에서의 행복을 찾으려 했다는 거다.

- 요즘 80년대생과 90년대생에게서 보이는 현상도 이와 비슷하긴 하다. 성공 가능성을 믿고 노력해 온 80년대생들보다, 오히려 그 가능성을 믿지 않는 90년대생들이 더 행복하단 사실이다. 도무지 풀 수 없는 매듭을 미련하게 풀고 앉아 있는 것보단 차라리 잘라 버리는 게 낫다는 90년대생들은, 어차피 나누어진 계급론을 해석하고 푸는 데 시간을 낭비하지 않는다. 흙이냐 금이냐의 싸움에서 우울한 감정에 휘둘리는 것 자체가 소모적인 싸움이라고 생각한다. 그래서 쿨함을 좇는다. 도무지 해결할 수 없는 문제를 외면하는 바로 그 쿨함을 최고로 여긴다.

- 외면이 문제되진 않는다. 노다웃No doubt보다 노답이라는 말이 더 유행하는 요즘이다.

- 나만 굴복하는 게 아니라 모두가 굴복하는 거라면, 딱히 문제 될 건 없지 않나? 어차피 모두가 계급의 노예인데, 우리 노예끼리만 공정한 경쟁을 하면 되지 않나? 계급 구분 없이 끝없이 그 직위를 상승시킬 수 있다고 믿는 사람은 과연 행복한가? 아등바등 야근을 해서 얻는 게 결국 뭔데? 그렇게 노력한다 해서 회사의 대표가 될 수 있나? 어차피 대표가 될 수 없다면 일찍 퇴근 후의 제2의 삶을 알차게 사는 게 더 낫지 않나? 아파트 평수가 더 늘어나지 않음을 괴로워할 시간에, 좁은 평수를 예쁘게 꾸미는 리모델링 방법을 생각하는 게 더 행복하지 않을까? 더 큰 행복은 아니겠지만, 모양이 다른 행복이라고 볼 수는 있잖아?

- 복세편살. '복잡한 세상 편하게 살자'는 거다. 다른 말로는 정.신.승.리.

- '합리적'인 선택이 진화하여, '합리화'가 어색하지 않은 시대가 된 게 아닐까.

거리 두기

○ 연애에서 중요한 건 보폭 맞추기다. 연애란 이인삼각 경기와 같아서, 호흡을 맞춰 알맞은 보폭으로 달려야 완주할 수 있다. 소개팅 1차가 끝나자마자 장미꽃을 몰래 사 와 첫눈에 반했다며 고백을 했던 친구 D는 아직도 실패의 원인이 뭔지 모른다. 그래. 사랑에 빠지는 게 죄는 아니지만, 함께 빠지기 싫은 것도 죄는 아니잖아?

사회생활에서도 마찬가지다. 지나치게 뜨거운 사람은 부담스럽다. 입사 동기 중 대단히 의욕적인 친구 P가 있었는데, 일과 사회생활 모든 것에 최선을 다했던 P와 친해진 이는 아무도 없었다.

'응. 좋은 애지. 하지만—'

이게 다였다. 다들 친해지길 꺼렸다. 쉴 틈 없이 앞만 보고 달리는 엔진의 파워는 가히 존경할 만했지만, 가까이 갔다가는 그 열기에 데일 것만 같아서였을까.

일이든 사람이든 적당한 거리를 유지하는 사람이 오히려 매력 있다. 나쁜 남자나 나쁜 여자에게 휘둘리는 것도 비슷한 맥락이다. 이 어렵고도 매혹적인 거리 두기는 동물들의 '개체 거리individual distance'라는 개념과 연관 지을 수 있다. 스위스 동물학자 H.헤디거가 도입한 말로, 특별한 관계가 없는 다른 개체의 접근을 허용하는 최소 거리를 뜻한다. 가깝지도 멀지도 않은 딱 좋은 자리.

생각해 보라. 너무 멀리 떨어져, 보이지 않는 상대에게선 아무런 자극도 느낄 수 없다. 반대로 너무 가까이 있는 상대는 어딘지 싫고 부담스럽다. 혹은 아무렇게나 피어 있는 잡초처럼 관심이 가질 않는다. 적당한 거리가 필요한 거다.

사람의 경우엔 이것을 '개인 거리personal distance'라고 부른다. 이 개인 거리 유지를 하는 감 좋은 사람이 있다. 빌낭의 고수들이다. 또 다른 동기 S가 딱 그랬다. 동기들의 술자리에도 잘 참석하지 않았고 단체 채팅방에서도 딱히 수다스럽지 않은 친구였다. 모두가 야근할 때도 당당하게 칼퇴근을 하는 천상천하 유아독존형 인간.

이 S가 웬일로 야근을 한 적이 있다. 회식에 참여한 적도 있다. 그럴 때마다 부서와 술자리에서는 환호성이 터졌다. 다들 S와의 대화를 시도했으며 S의 그 놀라운 행보를 칭송하는 데 에너지를 아끼지 않았다. S는 마치 대지의 신 가이아처럼 우아하게 그들의 관심을 어루만져 주었고, 다음 날엔 다시 본래 모습으로 돌아갔다. 사람들은 언제쯤 가이아님을 다시 마주할 수 있을지 기대하고 고대하며 S의 칼퇴를 더는 나무라지 않았다. 와우.

열 번 야근하다 한 번 칼퇴하면 욕을 먹고 매일 집에 데려다주던 연인이 한 번 데려다주지 않으면 변했다는 핀잔을 듣지만, 그 반대의 경우엔 칭찬과 애정이 넘쳐흐른다. 이 조삼모사의 패러독스를 모르는 건 아니지만, 조사모삼을 하는 게 쉬운 건 아니다. 그 열 번과 한 번의 줄다리기, 열 번 후에 등장시켜야 할 한 번의 적절한 타이밍을 알 수 없어서 어렵다. 개인 거리 유지를 잘하는 사람들은 동물적 감각으로 그 타이밍을 캐치한다. 센스가 좋다. 과유불급과 다다익선의 경계를 적절히 유지하는 그 센스라니!

80년대생이 유지해야 할 개인 거리는 어느 정도일까. 90년대생에게 너무 가까이 다가가 부담스럽게 친한 척해서도 안 되고 70년대생에게서 너무 멀리 떨어져 그들을 외롭게 해서도 안 되는 애매모호한 거리 두기 속 슬픈 존재여. 아버지를 아버지라 부르지 못하고 형을 형이라 부르지 못하는, 그 서글픔을 간직하고서도 동에 번쩍 서에 번쩍 어디든 나타나 문제 해결에 힘써야 하는 홍길동들이여.

최불암 시리즈

○ 밈meme이라는 말이 난리다. 본디 밈이란 리처드 도킨스의《이기적 유전자》에서 문화의 진화를 설명할 때 처음 등장한 용어로, 완성된 문화적 행동이나 지식 등의 정보가 다른 지성으로 전달될 때 모방 가능한 사회적 단위를 총칭하는 단어다. 하지만 요즘 말하는 밈이란 '재미를 주는 것을 목적으로 해 특정 메시지를 전하는 그림, 사진, 또는 짧은 영상.'을 말한다.

어떤 인터넷 사전 속 밈의 주석에는 이런 말도 붙어 있다. '짤방'과 같은 개념이라고. 그런데 밈과 짤방이 완전히 같은 개념은 아니다. '짤방'은 2000년대부터 급상승 기류를 타기 시작한 인터넷 문화다. 커뮤니티 사이트인 디시인사이드가 그 발생지다. 디시인사이드는 갤러리라는 단위로 게시판을 나누어 놓았는데, 해당 게시판의 매니저들은 갤러리라는 명칭에 충실하기 위해 사진 없이 텍스트만으로 이뤄진 게시글은 과감히 삭제했다. 그래서 사람들은 내 글의 짤림, 삭제를 막기 위해 적당히 관련 있으면서도 사람들의 시선을 끌 수 있는 이미지를 첨부하기 시작했다. 이것이 '짤방'의 유래다. 짤림 방지용 이미지.

그런데 이 이미지들이 점점 진화하기 시작했다. '짤리지 않기 위함'이라는 기능만을 위해 존재하던 것들이 스스로 생명력을 갖게 되며 그 자체가 중요한 재미 요소가 돼 버린 거다. 마치 단세포 생물이 다세포 생물로 진화한 것처럼, 그렇게 짤방 문화라는 생명체가 탄생했다. 이는 인터넷 세계에 없어선 안 될 존재로 자리매김했고, 의미와 감성을 담게 되는 2차 진화 과정을 거쳐 밈과 동의어가 돼 버린 거다. 뭐, 이제 와서 밈과 짤방 중 어떤 것이 상위 개념이니 하는 논란은 필요 없다. 이런 걸 생각하고 분석해서 아는 척 하는 것 자체가 낀대적 특성이다. 그저 이 문화를 즐기면 되는 것을 굳이 분석하고 공부하려 든다.

우리가 유희가 아닌 분석에 집중하는 이유, 호모 루덴스(유희적 인간)보단 호모 사피엔스(지혜가 있는 인간)에 가까운 이유가 있다. 80년대생은 개그에 취약했기 때문이다. 우리에게 개그란 TV를 통해 소비하는 것이었을 뿐, 감히 내가 생산할 수 있는 게 아니었다. 요즘에야 재밌는 사람이 최고 인기라지만 예전엔 재미라는 가치를 표면적으로 내세우지도 않았다. 그 시절 소위 '잘나가는' 인기인이란 싸움 잘하는 애, 돈 많은 애, 공부 잘하는 애 정도였을 뿐 그 범주에 '재밌는'이란 매력이 딱히 포함되지는 않았던 거다. 재밌는 사람은 예나 지금이나 인기 있었음이 분명함에도.

'웃기는 애'는 있었다. 재밌는 사람과 웃기는 사람은 다르다. 재밌는 사람은 개인적이지만 웃기는 사람은 관계적이다. 재밌는 사람은 무대 뒤 방관자 중에서 발견되는 경우가 많지만, 웃기는 사람은 무대의 지배자다. 술자리에서도 레크리에이션을 담당하고, 장기 자랑 판이 벌어지면 언제나 선두로 나서서 광대를 자처하는 사람들이다. 이들은 결국 이인자에 그친다는 설움이 있음에도 불구하고 아낌없이 망가짐을 자처한다.

기억나는 친구가 한 명 있다. 한 씨 성의 여자아이였는데, 초등학교 5학년 시절 짝지•라 매일 얼굴을 봤다. 날마다 다른 공주 드레스를 입고 등교해서 '한공주'라는 별명이 있었다. 그런데 어느 날 한공주의 별명이 한불암으로 바뀌는 대사건이 발생했다. 5학년 2학기 책거리••날 이었다. 아직도 그 장면이 생생하다. 하얀 드레스에 스트랩 슈즈를 신고 우아하게 교탁 앞으로 걸어 나가선,

파— 하하하! 허허허!

하며 최불암 성대모사를 하는 게 아닌가. 난리가 났다. 소위 요즘 말로, 지렸다. 아니 찢었다.

• 부산에서는 짝꿍을 짝지라 한다.

•• 한 학기를 마치고 과자 파티를 하는 날. 책을 실제로 빨랫줄에 걸어 놓은 적도 있다.

그렇게 우아한 드레스를 입고 다니던 아이가 90도로 허리를 꺾으며 할아버지 웃음소리를 냈으니, 오죽 재밌었을까. 이게 바로 슬랩스틱이다. 재밌는 사람은 슬랩스틱과는 거리가 멀지만 웃기는 사람은 슬랩스틱의 달인이다. 그 시절 우리가 보고 자란 코미디 역시 대부분 슬랩스틱이었다. 최불암 시리즈 중 가장 유명한 에피소드가 깡패에게 겁을 주기 위해 창자를 꺼내 줄넘기를 하다 X자 꺾기를 시도해서 창자가 꼬이고 비명횡사하고 말았다는 거니……. 말 다 했지 뭐.

사람들을 웃게 만드는 가장 쉬운 방법 하나가 바로 자신을 과장되게 낮추거나 비하하면서 펼치는 자학 개그다. 상대를 더 올려줌으로써 재미에 너그럽게 만들어 주는 거다. 몸이 망가지는 개그의 종류인 슬랩스틱 역시 그 대표적인 예다. 2000년대 초반 '주접'이란 단어가 탄생해 유행한 것도 그런 맥락이다. 개그 센스는 없는데 개그 욕심이 과한 사람들이 할 수 있는 건 오버스러운 말과 행동으로 웃기는 이른바 과장 개그가 전부였기 때문이다. 그 개그를 어설프게 따라 하다 더 오버하게 되는 게 주접인데, 결코 좋은 의미가 아님에도 '주접맨'이 되길 자처하는 산소 학번(02학번)들이 수두룩

했다. 아마도 그때 처음, 똑똑하거나 돈 많은 사람이 아닌 재밌는 사람이 되고 싶은 욕망이 발현됐던 것 같다. 웃기는 사람과 재밌는 사람이 다른 것도 모른 채.

이 자학 개그에 세련미를 갖춘 게 타학 개그다. 나를 망치는 건 쉽지만 남을 망치는 건 꽤 어려운 일이라 고도의 기술이 필요하다. 자칫 잘못하면 그저 남을 까는 것밖에 되지 않기 때문이다. 요즘 유행하는 밈 문화의 성격은 자학이 아닌 타학이다. 유튜브 콘텐츠의 대부분은, 타인을 조롱하는 댓글의 장을 무조건 동반하고 거기에서 재미가 탄생한다. 어쩌면 요즘 세대가 80년대생보다 방어 본능이 더 강한 것도 그런 이유이지 않을까 싶다. 자존감이 높은 것 역시 마찬가지다. 더욱 세련되게 남을 조롱해야 하는 문화 안에서, 자신을 굳이 낮추려는 건 아무 재미도 이득도 없을 테니까.

아무튼, 내 세대를 풍미했던 가수나 개그가 다시 밈으로 활성화되는 걸 보면 괜히 뿌듯하다. 가끔 어릴 적 즐겨 봤던 개그 프로그램들을 유튜브에서 찾아보기도 한다. 빵코 할머니의 귀곡산장, 지금은 슬랩스틱과 거리가 먼 개그맨 이휘

재의 거의 유일한 슬랩스틱 코미디 큰집 사람들, 강호동의 데뷔작 소나기, 신동엽과 김원희의 콩트가 기막혔던 헤이헤이헤이…….

호랑이는 죽어서 가죽을 남기고 사람은 죽어서 이름을 남겨야 한다는 가르침은 이제 한물갔다. 이제는 이렇게 바뀌어야 하지 않을까. 사람은 죽기 전에 짤 하나 정도는 남겨야 한다고.

낭만의 세계에서 온 우리매

○ 다들 그렇게 낭만— 낭만— 하는데,

사실 낭만은 별 게 아니다. 미래를 기다리는 기대와 궁금함이다. 마침표가 아닌 물음표다. 사이버 펑크가 난무하는 먼 미래가 아니어도 좋다. 일주일 뒤, 한 달 뒤, 아니 1시간이나 1분 뒤라도 상관없다. 예측할 수 없는 것을 그저 기대하고 기다리기만 하면 된다. 기대함과 기다림, 그게 낭만이다.

예를 들어 3시 30분에 만나기로 한 사랑하는 연인을 기다리는 사람이 있다고 치자. 이 사람이 3시 29분과 3시 31분에 느끼는 감정은 조금 다르다. 후자는 기다림의 설렘과 함께 불안함을 동반한다. 낭만의 성질이 본디 불안한 것이고, 불안함이 만들어 내는 물음표야말로 낭만의 즐거움이다. 왜 안 오지? 무슨 일이 생긴 건 아니겠지? 언제 오는 거지? 수많은 물음표가 허공에 떠다니다가, 그 사람이 도착하는 순간 한 번에 빵— 하고 터질 때의 쾌감. 계산 가능한 성공이 아닌, 이루어지지 않을 것만 같은 것이 이루어졌을 때의 성취감.

일주일 뒤에 방영될 드라마 줄거리를 기대하는 것도 일종의 낭만이다. 요즘의 OTT 플랫폼은 한 번에 드라마를 정주행할 수 있게 하지만, 전통적인 TV는 달랐다. 다음 에피소드를 기다리고 기다리는 일주일간의 기대와 설렘이 있다. 이야기를 궁금해해야 한다는 불안함과 불편함이 있긴 하다. 한데 그 고통(?)이 바로 낭만의 진수다. 낭만은 그저 아름다운 것만이 아니다. 노력과 기다림에서 오는 불편함을 동반해야 한다. 고생 끝에 낙이 온다는 말이 있듯이, '낙'만 낭만이 아니라, 고생을 포함한 그 일련의 과정 전체가 낭만인 것이다.

극대화된 낙의 즐거움을 위해 고생을 안배해야 한다는 건 조금 변태스럽긴 하다. 그래도 그 고생은 진실과 정성이다. 티끌이 모여 태산이 될 수 없음에 좌절하는 게 아니라. 낭만은, 티끌을 정성스레 모으다 보면 태산이 있는 곳에 다다를 수도 있게 될 거란 기대감이다.

이런 낭만을 더 이야기해 볼까? TV보다 더 심한 기다림의 매체가 라디오다. 나 역시 라디오에 보낸 사연이 당첨되길 기대하며 종종 밤잠을 설쳤다. 당첨 선물이 제대로 도착할지 그것 역시 마음을 졸였다. 지금이야 기프트 카드를 팡팡 쏴 주는 시대라지만, 그땐 당첨 선물을 내 눈으로 확인하기 전까진 온전한 당첨이 아니었기 때문이다. 그 기다림의 순간에 또 다른 낭만이 깃들기도 했다. 내 이름이 불린 라디오 방송을 녹음해 테이프가 늘어날 때까지 듣고 또 들었다. 신청곡이 언제쯤 나올지 몰라 2시간 내내 라디오에 집중하던 그 시절, 나는 월간지 애독자이기도 했다. 하, OTT에서 TV로, TV에서 라디오로, 이젠 라디오에서 월간지까지 추억하며 이야기를 하는 걸 보니 확실히 '라떼'를 좋아하는 낀대라는 생각이 분득 들지만. 아무튼,

《보물섬》과 《아이큐 점프》, 《소년 챔프》 같은 만화 잡지부터 시작해 《게임피아》라는 게임 잡지까지 전부 구독했던 기억이 난다. 편집부에 보낸 엽서가 당첨되길 바라며 다음 달 월간지의 뒷면을 꼼꼼하게 살폈다. 이건 복권을 사고 1등 당첨을 기다리는 것과 좀 다르다. 당첨금의 크기가 아닌, 당첨 그 자체에 대한 갈망이기 때문이다. 지금이야 SNS로 마음껏 나를 알리고 댓글과 좋아요를 받으며 타인에게 인정받고 싶은 욕구를 해소할 수 있지만, 그땐 그런 게 없었다. 심지어 기성세대의 리드에 충실히 따르던 때가 아닌가. 라디오와 월간지가 선사하는 간택이야말로 나의 진심 어린 노력이 인정받는 황홀한 순간이었던 거다.

그때 처음 받은 선물이 〈외계에서 온 우뢰매〉라는 영화 VHS 테이프였다. 《보물섬》이란 만화 잡지에 응모해서 받았는데 당시 내 보물 1호가 됐다. '우뢰매'는 은발의 외계인 데일리와 빨간색 유니폼의 에스퍼맨이 우주 악당을 물리치는 이야기로, 영구 아저씨 심형래가 만들고 직접 주연까지 하신 근현대 최초 히어로물이다. 지금은 빨간 슈트의 히어로라 하면 로버트 다우니 주니어의 아이언맨을 떠올리지만,

그땐 에스퍼맨이 최고였다. 수차례 옆 구르기에 매번 실패하다 결국 성공하여 멋지게 변신한 모습으로 악당을 물리치던 '찐' 히어로 에스퍼맨 아저씨!

아아— 우리 80년대생 역시 그렇게 끊임없는 옆 구르기 중이다. 앞뒤 사이에 껴 구를 수 있는 방향이 옆밖에 없다. 허리를 잘 지켜야 하는데 허리 디스크가 걸릴 지경이다. 에스퍼맨이든 뭐든 좋으니 언젠가 히어로로 변신할 그 날을 꿈꾸며, 오늘도 구르고 구르는 우리 낀대, 낭만을 꿈꾸는 80년대생들.

범죄와의 전쟁

○ 지금 사는 건물 1층엔 스타벅스가 있다. 스타벅스 커피를 딱히 좋아하진 않아 장점 같은 걸 못 느꼈었는데, 스세권•이라는 말을 배운 뒤엔 왠지 모를 힘이 어깨에 들어간다. 그 뒤로 매장을 좀 더 방문하는 것 같기도 하고.

최근 스세권의 호사를 제대로 누린 적이 있다. 오픈 시간부터 어마어마한 인파가 몰렸던 날이다. 다른 지점에 비해 한적하다고 생각했던 매장인데 이게 무슨 난린가 싶었다. 무슨 일인지 물어물어 확인해 보니 다름 아닌 스타벅스 공

• 반경 500m 이내에 지하철역이 있는 지역을 일컫는 '역세권'처럼, 집 가까운 곳에 스타벅스가 있음을 뜻하는 말.

식 굿즈 때문이었다. 플레이 모빌, 그리고 그에 이은 레디백. 견물생심이라고 하던가? 그날 나는 빠르게 줄을 서서 굿즈를 획득했다. 초근접 스세권에 사는 사람답게 침대에서 일어나자마자 1분 컷으로.

의기양양하게 매장을 나오며 문득 포켓몬 띠부띠부씰을 떠올렸다. 500원짜리 포켓몬 빵에 들어 있던 그 스티커야말로 대한민국을 강타한 굿즈 열풍의 원조 아니었던가.

띠부띠부씰은 인기리에 방영된 만화 〈포켓몬스터〉 캐릭터들을 이용해 1998년 제과 업체 샤니가 자체 제작한 스티커다. 만화 속 주인공들이 온 세상을 여행하며 포켓몬 도감을 완성하듯, 당시 학생들 역시 슈퍼란 슈퍼는 모조리 돌아다니며 스티커를 모으는 데 열광했다. 우리 동네에선 암만 해도 피카츄가 나오질 않아 옆 동네까지 원정을 하러 간 적도 있을 만큼 중독적인 굿즈였다. 99년 11월에는 포켓몬 빵의 하루 평균 매출이 150만 개를 기록할 만큼 인기가 대단했는데, 당시 최고 인기 시트콤이었던 〈순풍산부인과〉에서도 주인공 미달이가 포켓몬 스티커를 모으는 에피소드를 다룰 정도였으니 말 다 했지 뭐.

스티커에 상관없이 맛으로만 인기 있었던 빵은 '벗겨먹는 고오스'와 '로켓단의 못말려 초코롤' 빵이었다. 하지만 고오스와 로켓단의 스티커는 너무 흔해 인기가 없었기에 빵을 구매하기 전 진지하게 고민하는 웃픈 현상이 종종 보이기도 했다. 벗겨먹는 고오스 빵 속에 피카츄가 아닌 고오스 스티커가 들었을까 봐 노심초사하던 그 초등학생들이 훌쩍 자라 레디백 색상을 고민하는 2030이 됐다고 생각하니 웃음이 났다. 그러고 보니, 90년대생에게 했던 낀대의 첫 잔소리도 그 때다.

포장을 뜯기 전까지 어떤 스티커가 들어 있는지 확인할 수 없는 탓에 빵을 뭉개어 스티커를 들여다보는 아이들이 적지 않았던 시기다. 심지어 빵 봉지를 뜯어 스티커만 갖고 도망치는 과격한 악동들 때문에 슈퍼 주인들의 고충이 이만저만이 아니었던 시기. 오죽하면 슈퍼 주인들의 인터뷰가 9시 뉴스에까지 나왔을까.

어릴 때부터 나를 귀여워해 주신 동네 슈퍼 주인 할머니도 마찬가지였다. 슈퍼에 갈 때마다 내게 속상함을 토로하셨다. 스트레스 때문에 포켓몬 빵을 안 팔고 싶은데 그럴 순 없음에 괴로워하는 할머니와 무참히 뜯겨 있는 빵 봉지를 보며, 알 수 없는 정의감에 휩싸였다. 그러던 어느 날 할머니의 사각지대에서 빵 봉지를 뜯고 있는 초등학생을 발견한 것이다. 나는 포켓볼을 던져 포켓몬을 획득하듯, 몸을 날려 그 아이를 붙잡았다. 아이는 너무나 당당하게 이렇게 말했다.

— 빵은 그대로 놔뒀으니 훔친 건 아니잖아요! 어차피 스티커는 서비스니깐 가격에 포함도 안 되잖아요!

기가 막혀 아무 말도 못 하는 할머니를 대신해 내가 나섰다. 그럼 그 뜯어 놓은 빵은 누가 먹느냐고, 요새 초딩들은 다 이러냐며 쪼그만 지능범(?)을 대차게 나무랐다. 결국 아이는 훈방조치 됐지만 초등학생들의 범죄는 한동안 계속 이어졌다. 만약 그 아이가 자라 스타벅스에서 나를 발견했다면, 당시 잔소리에 대해 이런 반박을 하진 않았을까.

— 그때 제가 잘못한 건 당연히 알죠. 근데 '요새 초딩들은 다 이러냐'는 얘긴 굳이 왜 한 거죠? 설마 이것도 욕망의 표현에 솔직한 90년대생이라는 세대론에 갖다 붙일 건 아니죠?

80들이 초등학생이었어도 마찬가지일걸요? 그때 포켓몬 빵이 등장했다면, 아마 똑같이 행동했겠지.

맞다. 당연히 세대론에 결부시킬 순 없다. 하지만 나는 이렇게 반박했을 거다. 그래도 우린 확실히, 치토스 스티커를 모으기 위해 치토스 봉지를 뜯진 않았다고. '꽝! 다음 기회에'를 견디고 견디며 실패에 대한 내성을 길렀던 거라고.

어휴. 세대 간 싸움은 이렇게나 유치할 뿐이다.
아주 공갈 염소 똥 일 원에 열두 개—

노티카 잠바

○ 292513.

이 여섯 개의 숫자를 기억하는 사람이 있을까. 이걸 보자마자 누군가의 주민등록번호가 아닌 '스톰'이라는 브랜드를 떠올렸다면, 당신은 낀대들과 친구일 확률이 높다. '292513=STORM'(스톰)은 드라마 '응답하라 시리즈'에도 등장한 바 있듯, 그 시절 우리에게 가장 핫했던 브랜드니까. 스톰의 모델이 되는 건 톱스타가 되는 지름길이기도 했다. 송승헌, 소지섭 등.

이렇게 각 시대엔 그 시대를 주름잡는 브랜드가 있다. 90년대와 2000년 초반을 아우르며 유행했던 브랜드를 떠올려 보면 대충 이렇다.

나름 멋 부릴 줄 아는 친구들이 즐겨 입던

닉스, 스톰, 보이런던 삼대장. 젝스키스가 입어 난리가 난 빅 사이즈 옷의 원조 배드보이즈. 이름만큼이나 특이했던 에얼리언 워크샵. 캘빈클라인, 리바이스보다 더 인기 있던 청바지 안전지대, 마리떼프랑소와저버, 미치코런던. 그중에서도 내가 좋아했던 So-basic.

힙합퍼들의 FUBU, mf. 서울 아이들의 전유물이라 여겨진 폴로와 닥터마틴. 어느 순간 나타난 외국 가방 브랜드 Eastpack, Jansport, 왠지 베이지색이 떠오르고 마는 루카스 아츠, 1492마일즈.

그리고 그 시절 일진들이 선호하던 패션(일수 걷는 아저씨 혹은 골프 선수)을 담당했던 미쏘니, 라코스테, 엘레세, 먼싱, 트래블폭스, 하디하미스. 이 외에도 언급하지 못한 브랜드들까지.

그중 내가 처음으로 가져 본 고급(?) 브랜드는 '페레진', 지금의 'FRJ'이다. 초등학교 시절 수학여행을 핑계 삼아 새 옷을 사 달라고 조르던 내게, 어머니께서 큰맘 먹고 사 주신 재킷의 브랜드였다. 그 시절 부모님들이 그랬듯 두 치수는 큰 걸 사 주셨기에 아직도 입을 수 있다는 게 함정이지만.

몇 년 뒤 나는 다시 한번 생떼를 썼다. 노티카라는 브랜드의 겨울 잠바 때문이었다. 지금의 롱 패딩 열풍처럼은 아니지만, 나름대로 강한 유행을 일으켰던 브랜드다. 딱히 그 잠바를 입고 싶었던 것도 아니고 노티카라는 브랜드의 매력에 빠졌던 건 아니었다. 그저 '노티카 잠바'라는 것을 입고 싶었다. 특정 디자인에 꽂혔던 것도 아니다. 그냥 노티카면 된다는 생각.

그걸 입으면 특별해질 수 있다고 믿었던 것 같다. 그래서 어머니께 거짓말을 했다. 우리 반 애들 전부 다 노티카 입고 다닌다고. 지금 생각하면 이 거짓말부터 참 모순이다. 특별해지고 싶은데 모두가 다 입고 다니는 잠바를 사 달라니.

어머니와 함께 노티카 잠바를 사러 갔던 날이 생생하다. 맨 처음 우린 광복동에 있는 노티카 매장에 들어갔다. 가격을 물었는데 30만 원에 육박하는 가격을 듣고는 적잖이 놀라 그곳을 빠져나왔다. 그리고 같은 제품을 더 싸게 파는 곳을 찾기 위해 깡통시장을 헤맸다. 충무동 대규모 도매 시장인 깡통시장은 지금도 인기 있는 부산의 관광 명소로, 이른바 '짝퉁 상품'들의 메카였다. 하지만 당시의 내겐 짝퉁과 오리지널에 대한 개념이 없었다. 노티카 매장은 오직 광복동 한 곳이었으므로 우리가 찾던 건 분명 짝퉁이었겠지만, 나는 깡통시장을 그저 유명 브랜드의 상품을 저렴하게 파는 아웃렛의 개념으로 이해했던 것 같다.

그러다가 어머니는 문득 생각이 바뀌셨는지 다시 발길을 돌려 광복동 매장으로 나를 데려갔고, 나는 그날 어머니의 3만 원짜리 지갑에서 꺼낸 30여만 원으로 노티카 잠바를 획득했다. 30만 원이 한 달 식비와 다름없는 돈이라는 걸 인식하기엔 노티카 잠바를 입고 있는 거울 속 내 모습을 감상하느라 정신이 없었다.

지금에야 얘기하지만, 솔직히 그 잠바는 나와 어울리지 않았다. 어울리지 않는다는 것을 살 때부터 이미 알고 있었다. 딱히 특별해 보이는 것 같지도 않았지만 나는 내가 특별해졌다고 믿었다. '이 잠바가 나한테 어울리나?', '이제 내가 특별하게 보일까?' 하는 의문과 동시에 잠바 라벨의 비싼 가격표가 눈에 들어왔을 때 환불을 고민했는데, 그때 어머니가 말했다. 그 잠바가 참 잘 어울린다고. 세월이 지나고서야 깨달았다. 그때의 나를 특별하게 만들어 주는 건 노티카 잠바가 아니었음을.

유행은 다른 브랜드로 그 숙주를 휙휙 잘도 바꿔 갔다. 당연히 노티카 잠바는 옷장 한구석 폐레진 재킷 옆 어딘가에 처박혔다. 디자인이나 브랜드에 충성도가 있는 것도 아니었던, 그저 시류에 휩쓸렸을 뿐인 무無개성의 말로는 그렇게 한심했다. 그 한심함을 진작 깨닫기 위한 '자신을 객관화하기 스킬' 따위는 사춘기 소년에게 없었다. 질풍노도 시기를 무기 삼아, 그저 또 다른 브랜드로 특별해지길 바랐을 뿐이다. '사 주세요.'라는 어리광은 그 후로도 한동안 계속됐다.

이런 종류의 어리광 역시 80년대 낀대의 특징 중 하나다. 우린 무엇 하나 스스로 결정해서 그것을 획득해 본 적이 없다. '학생의 본분은 공부'라는 말을 구현하면서도, 어느새 그 말을 앞세워 모든 책임을 어른에게 미루고 기댔다. 내 취향을 만들어 나가는 어려운 길을 택하지 않고, 시류에 편승하는 쉬운 길을 택했다. 그렇게 어리광을 피웠다. 갖고 싶은 걸 갖지 못하는 모자람은 어른에게 그 책임을 돌리며, 나의 모자람은 전부 엄마 아빠 탓이라고.

90년대생들은 의외로 그런 어리광이 덜하다. 80년대생들보다 수저론을 더 겸허히 받아들이고 있으면서도, 내가 가진 수저로 할 수 있는 걸 열심히 찾는다. 흙은 완전한 금이 될 수 없지만 흙수저로 땅을 파다 보면 금 한 덩어리쯤은 캘 수 있다고 믿는다고나 할까? 그래서 갖고 싶은 브랜드가 있으면 그것을 직접 산다. 사야 한다는 열망이 강하다면 그것을 위해 직접 노동하길 주저하지 않는다. 학생은 공부를 하고 돈은 어른이 버는 것이라는 고정관념이 딱히 없다. 그래서 스스로 브랜드화 하는 것도 능숙하다. 명품을 소비하는 것뿐 아니라 자신에게 명품이란 브랜드를 붙이는 것에도 거리낌이 없다. 그러니 소비쯤이야 전혀 아무렇지 않은 게 당연하다.

– 내 조카가 말이야. 롯데리아에서 감자 튀겨 모은 돈으로 뭘 산 줄 알아? 발렌시아가 스피드 러너를 샀더라고.

어느 지인이 젊은 층의 명품 소비를 비판하기 위해 이런 말을 꺼냈을 때, 난 오히려 그 조카가 대단해 보였다. 비판할 게 뭐 있을까. 그렇다고 내가 사 줄 것도 아니면서. 합리적인 노동을 통해 원하는 걸 가졌을 뿐인데 오히려 칭찬해 줘야 하지 않나? 솔직히 말해, 그걸 비판하려는 건 단순한 질투 아닐까? 나보다 어린놈이 나보다 더 좋은 걸 가졌다는 것에 대한 유치한 질투.

그날, 옷장 속에 처박아 놓은 내 노티카 잠바의 행방이 궁금해졌다. 그 잠바가 지금은 어디에 있는지, 혹시 없다면 언제까지 입었는지 이제는 기억나지 않는다. 그 조카는 아마 나와 다를 거다. 직접 산 스피드 러너를 애지중지 여겨 깔끔히 신다가, 얼추 비슷한 가격으로 되팔든지 혹은 고이 모셔 놓겠지.

나와 그 조카의 차이가 노티카와 발렌시아가의 가격 차 때문만은 아니다. 물론 그 조카 역시 현재의 유행을 그저 따라가기 위한 철없는 발버둥일지도 모른다. 그 알량한 허세를 위해 가랑이가 찢기는 노동을 했던 무모함을 훗날 후회할 수도 있다. 그래도, 내 가랑이를 찢는 무모함이 부모님의 가랑이를 찢는 어리광보다는 낫지 않을까?

스페셜 땡스 투

○ '낳아 주시고 길러 주셔서 감사합니다.'

어버이날 편지에만 쓰는 단골 멘트다.

누군가에게 감사하다는 말을 하는 게 딱히 어려운 건 아닌데,

부모님께 하는 건 유독 어색하고 어렵다.

힘주어 써 봐도 도무지 진해지지 않는 글자.

4B 연필의 마음이 종이에만 닿으면 2H가 된다. 금방 지워질 것 같다.

표현하지 못한 마음을 완전히 으깨고 으깨

세상에서 제일 고운 입자를 만들어

빈틈없게 단단히 감사의 글자 속을 채우려 해 보지만, 바람은 언제나 미래형.

매번 잡히는 건 투박한 자갈들뿐이다.

그 틈 사이로 늙은 부모님의 얼굴이 보인다. 들락날락하는 바람이 시리다.

요즘 들어 부모님께 전화를 자주 하게 된다.

통화의 끝에 늘 듣는 말이 있다.

'전화해 줘서 고마워.'

부모님의 그 말엔 빈틈이 없다.

고작 1분 남짓한 전화 한 통이 뭐 그리 고맙다고.

우리들의 이해법

○ 이해는 인간이 할 수 있는 가장 고차원적 소통법이다. 관용과 포용, 사랑과 용서 그 모든 것의 바탕이 된다. 하지만 그 어려운 걸 누구도 가르쳐 주지는 않는다.

선생님인 친구를 포함한 몇몇 낀대들과 밥을 먹다가, 어김없이 세대론이 대두됐다. 요즘 애들은 참 이해하기 힘들다는 얘기가 주를 이뤘다. 마침 스승의 날 근처였기에, 수다는 옛날 담임 선생님들에 대한 일화로 이어졌다. '쇠 빠따'를 들고 다니던 캡틴이란 별명의 체육 선생님, 자고 있는 아이 구레나룻 털을 무자비하게 뽑고 젖꼭지를 꼬집던 기술 선생님, 선생님 중의 선생님이라고 생각됐던 수학 선생님, 알고 보니 엄청난 촌지를 받았다던 국어 선생님까지. 그러다 누군가 이런 얘기를 꺼냈다.

— 옛날 선생님들도 우리를 이해하고 싶단 고민을 하긴 했을까? 제자를 향한 스승의 사랑 말고, 한 인격체와 인격체 사이의 그런 이해.

선생님은 우리가 부모님 다음으로 만난 어른이다. 하지만 부모님보다 더 무서운 어른으로, 그림자도 밟지 말아야 했던 존재다. 어른 중에서도 더 완벽한 어른이었고, 그래서 선생님이라는 단어는 단어 자체로 건드릴 수 없을 만큼 완벽한 성체였다.

그 말인즉슨, 선생님이라는 어른은 아이를 올바르게 성장시켜야 하는 막대한 사명을 떠맡고 있었다는 거다. 그 사명감과 책임감만으로도 부담스러웠던 당시 분위기에서 학생들을 개별적인 인격체로 '이해'한다는 게 가능했을까? 야구빠따와 당구채로 허벅지가 터져라 맞던 시절, 군대처럼 엄격한 두발 규제까지 하던 시절이다. 심지어 학생 수도 지금보다 많아서 한 반에 족히 50명은 넘었다. 그 많은 학생을 무탈하게 졸업시키는 것만 해도 대단한 일이었다. 그러니 적극적인 이해보단 강력한 법과 규제를 가까이 할 수밖에 없었으리라.

그때는 아이와 어른이 동등한 인격체가 될 수 없었다. 우리가 어떤 일이 발생한 근거를 설명하는 건 언제나 변명으로 여겨졌고, 논리와 생각을 또렷하게 전달하는 학생은 말대답 잘하는 아이로 치부됐다. 그렇게 우리는 스스로 세상을 배워나가기보다 배움을 '주입당해' 버렸다. 어른들 눈에 비치는 아이란, 그저 미완성의 인간일 뿐이었기 때문이다. 함께 세상을 만들어 나가는 주체가 아니라, 만들어 놓은 세상을 잘 채우는 것도 힘들어서 늘 도망치려 하는 존재. 어른이 만든 시스템에 그저 불만만 가득한 요즘 것들.

배운 게 도둑질이라고, 낀대들 역시 배움을 주입시키려 한다. 그것이 참된 어른의 역할이라고 학습한 관성 때문이다. 그나마 옛 세대보다 조금 나은 게 있긴 하다. 완성되지 못한 것들에 대한 이해다. 완성이란 건 불가능한 세상임을 잘 알고 있으므로, 완성되어 가는 과정 자체에 대한 존중은 할 수 있다. 그래도 이해는 참 어렵다. 오죽하면 '이해는 가장 적나라한 오해'라는 말까지 있을까.

그런데 잠깐. 이런 낀대들은 누가 제대로 이해해 주는 거지?

우린 여전히, 이해가 고프다.

7090 사이에서 갈팡질팡하는 우리.
그렇게 80은 수많은 AND와 함께 살아왔다.
그리고,

Part 2

낀대, 그리고,

세상엔 바뀌어야 할 것이 너무나 많다.

하지만 정작 바뀌어야 할 것 대신

굳이 바뀌지 않아도 될 것들만 수시로 바뀌곤 한다.

FDD and SDD

○ 1988년에는 서울 올림픽 외에 또 하나의 기록할 만한 이슈가 있다. 올림픽이 열리기 직전인 3월, 서울 강남구 압구정동에 맥도날드 1호점이 들어섰다는 사실이다. 지금이야 햄버거가 자취생의 허기진 배를 달래 주는, 혹은 음주 후 해장 단골쯤으로 여겨지는 만만한 패스트푸드지만 그땐 달랐다. T.G.I.프라이데이스, 아웃백 스테이크 하우스, 빕스와 같은 패밀리 레스토랑이 없던 당시, 햄버거는 가족끼리 외식하러 나가서 먹는 고급 음식으로 취급됐다.

초등학생들이 삼삼오오 모여 햄버거를 먹고 있는 모습은

80년대 낀대인 내게 어딘지 조금 낯선 장면이다. 라떼(…)만 해도, 부모님을 동행하지 않은 초등학생들이 자연스레 패스트푸드점에 가는 건 상상할 수 없었다. 중학생이 버스를 타기 위해 매점에서 학생권 버스표를 사야 하는 시대였다. 사회과 부도 책의 마지막 장에 어떤 지도가 있는지도 모르는 꼬맹이들이 부모님 동행 없이 시내에 간다는 건 용납이 안 됐다. 그건 소위 말하는 '까진 애들'의 전유물이었으니까.

난 까진 애들에 속하진 않았지만, 부모님 몰래 롯데리아• 에 간 적은 있다. 그 외출은 내게 꽤 특별한 기억이다. 내 인생의 첫 독립적 외출이었고, 부모님 몰래 처음으로 '내 것'을 산 첫 경험이기도 하다.

국민학교가 초등학교로 바뀌던 무렵, 그러니까 4학년 때였다. 친구 경훈이와 함께 컴퓨터 게임 소프트웨어를 사러 시내에 나간 것이다. 페르시안 왕자, 금도끼 은도끼 등 흑백 게임만 하던 내가 부모님까지 속이는 모험을 단행한 데에는 이유가 있었다. 무려 국내에서 만든 최초의 컬러 대전 액션 게

• 당시 우리 동네엔 맥도널드가 없었고 맥도널드라는 것의 존재도 몰랐다. 롯데리아 불고기 버거와 새우 버거가 햄버거 세계관 최강자였던 시기다.

임이라는 설명 때문이었다. 대검 한 자루를 들고 있는 주인공 캐릭터 포스터의 포스를 보니 도저히 안 살 수가 없었다.

우리의 목적지는 세진컴퓨터랜드였다. 평생 A/S를 해 주는 고객 충성도를 강조하기 위해 진돗개를 광고 모델로 썼던, 지금은 사라진 컴퓨터들의 원더랜드. 최초로 개죽이 짤을 만들었던 사람도 아마 이 세진컴퓨터랜드의 향기에 젖어 있어서가 아닐까 싶은데.

아무튼 나와 경훈이는 최신 컴퓨터들을 지나, 게임 소프트웨어 코너에 도착했다. 최신 컴퓨터에 대한 유혹은 딱히 없었다. 당시 컴퓨터 가격은 우리가 어른 도움 없이 산다는 생각을 절대 할 수 없을 만큼 비쌌기 때문이다. 586이라는 숫자를 마지막으로 사라져 버린 386, 486 컴퓨터와 혼자서 들기도 힘든 뚱뚱한 14인치 모니터의 평균 가격이 300만원을 웃돌았다. 심지어 비교적 저렴한 조립식 컴퓨터도 없었고.

게임 소프트웨어를 산 후 점심을 먹기 위해 간 곳이 바로 롯데리아다. 불량한 형들의 급습이 있진 않을까 노심초사하며 야무지게 감자튀김을 먹었던 기억이 난다. 콜라를 한 번 더 리필해 마신 후 드디어 컴퓨터 게임 포장을 뜯었다. 자!

여기서 등장한 게 뭐였을지 90년대생들은 상상이나 할 수 있을까? FDD(플로피 디스크)• 다. 그것도 무려 14장.

이젠 에니악 수준의 유물이 돼 버렸지만, 당시엔 이동식 저장 매체가 꼭 필요했다. 게임 하나를 설치하기 위해서는 그 14장의 플로피 디스크를 차례로 바꿔 삽입해야 했다(지금 생각하면 그저 안습…….). 우리가 게임을 하기 위해선, 혹은 하나의 프로그램을 깔기 위해선 절대적인 인고의 시간이 필요했다. 인터넷에서 다운로드 버튼를 눌러 놓고 화장실만 다녀오면 금방 게임을 실행할 수 있는 요즘 세대는 절대 모른다. 그르륵— 소리를 내며 설치 중인 플로피 디스크를 때가 되면 교체해 줘야 하던 어려움, 그래서 그 자리를 무조건 지키고 있어야 하는 번거로움, 그 그르륵— 소리가 잘못되어 에러 메시지가 떴을 때의 좌절, 에러가 나면 처음부터 다시 깔아야 한다는 극도의 긴장감과 '14/14번째 마지막 디스크를 넣어 주세요.'라는 마지막 메시지를 볼 때의 흥분과 파란 화면에 바와 함께 떠 있던 100%라는 숫자. 무사히 설치를

• 8인치 50,019Bytes, 5.25인치 1,213,952Bytes, 3.5인치 1,457,664Bytes의 세 종류가 있었는데 여기서 플로피(Floppy)란 유연하여 팔랑거린다는 뜻이다. 실제로 FDD 내부의 자기(磁氣) 필름은 잘 팔랑거린다.

마친 후의 그 성취감. 그래서 80년대생들은 이 말에 익숙할 수밖에 없다.

인내는 쓰나 그 열매는 달다.

요즘 세대는 그 플로피 디스크 설치 과정 속 'Next' 버튼보다 인터넷의 'Skip' 버튼이 더 익숙하다. 버퍼링의 괴로움보다 중간 광고의 귀찮음이 주된 적이다. 원하는 것을 확실히 줄 수 없음에도 하염없이 기다리는 건 미련하다고 생각한다. 그러다 다시 제자리로 돌아갈지도 모르는 오류 지뢰밭의 노력은 과감히 '스킵'해 버리는 세대다. 그 스킵 문화가 별로라며, 원하는 것을 얻을 때까지 '넥스트'를 누르며 참고 또 참을 줄 알아야 한다는 낀대들의 조언은 그저 쓸데없는 간섭이다. FDD-CD-USB-HDD-SDD의 모든 과정을 겪으며 갑자기 에러 메시지가 튀어나오는 좌절을 몸소 체험한 우리와는 달리, 요즘 세대는 그 최종 진화의 열매를 편하게 따 먹어서 그런 거란 얘기 역시 할 필요가 없다. 편견이다. 실은 우리나 그들이나 그저 역사의 흐름 속에 있을 뿐이니까.

그때 경훈이와 샀던 게임의 이름은 도무지 기억나지 않지만, 그 후에 즐겼던 최초의 CD 게임은 기억난다. 초창기 한국 RPG를 대표할 만한 작품인 미리내 소프트의 〈망국전기: 잊혀진 나라의 이야기〉라는 게임이다. 그 위대한 IP 주인이 중학교 2학년이었다는 사실은 성인이 된 후에야 알았다. (1993년 후반 열린 한국정보문화센터 주최 게임 시나리오 공모전에서 장려상을 받은 '류재용' 형. 이 자리를 빌려 존경의 인사를 건넵니다.) 그 게임을 하기 위해 자동 실행 기능도 없던 CD 플레이어에 CD를 넣고 프롬프트 창에 직접 명령어를 입력해 가며 설치했던 기억이 난다.

아! 우리 80년대 낀대들이 왜 카톡을 보낼 때 온점—쩜쩜(..)—을 많이 쓰는지 방금 깨달았다. 당시 프롬프트에 입력했던 메시지들이 대부분 그러했던 것이다. 'MD…', 'CD…'

모뎀 and 인터넷

○ 70년대생 중 유일하게 꼰대와 거리가 먼, 정말 괜찮은 어른이 한 명 있다. 친형처럼 따르는 형인 T다. 형과의 인연은 참 독특하다. 대학교 2학년 때 사귀었던 7살 연상 여자 친구 덕분에 알게 됐기 때문이다. 어느 날 그녀가 초등학교 동창들이 모이는 자리에 나를 데리고 나갔고, 그 자리에서 T형을 만났다. 누나와는 헤어졌지만 T형과는 20여 년의 시간 동안 가족 같은 우애가 쌓였다. 본받을 게 정말 많은 좋은 사람인데, 그중 제일이 바로 T형이 강조하는 인생의 진리다.

쪽팔리게 살면 안 돼.

단순명료한 말이다. 하지만 그 어떤 고급스러운 문어체도 이 말을 대체할 수 없다. 그래서 그런지 '쪽팔리게 살지 말자'라는 이 단순한 명제를 지키는 게 여간 어려운 게 아니다. 내 생각에 쪽은 타인에게 파는 것과 자신에게 파는 것, 두 가지가 있다. 타인에게 파는 쪽도 문제지만 아무도 보지 않는 곳에서 스스로 파는 쪽도 의외로 민망하다. 예를 들면 이런 거다. 5년 전쯤 자취방에서 벌어진 일이다.

어느 새벽. 침대에서 일어나 거실로 가던 나는 방 한구석에 놓아둔 아령을 밟았다. 짧은 바벨에 무게 추를 추가하는 형태의 그 아령은 내 한쪽 발가락을 찧어 버렸다. 어떻게 아령을 밟아서 발가락을 찧을 수 있었는지 정확히 기억나진 않지만, 무게 추 양쪽의 손잡이 부분 어딘가를 밟아 다른 한쪽이 들리면서 발생한 일 같다. 중력에 의해 다시 지면으로 내려오던 무게 추는 내 발가락을 사정없이 찧었고 그건 무려 20kg짜리였다.

한쪽 발가락을 잡고 방방 뛰던 난 앞으로 고꾸라질 위기에 처했고, 나름 순발력을 발휘해 눈앞에 보이는 걸 잡았다. 그런데 하필 그게 방문 손잡이였던 거다. 손잡이가 회전하며 문이 열렸다. 새벽, 아무도 없는 방에 나의 짧은 단말마가 울려 퍼졌다. 아!

하필 바깥쪽이 아닌 안쪽으로 열리는 그 문의 모서리가 그대로 내 이마를 찧어 버렸다. 나는 그렇게 아령과 여닫이문에 2연타 콤보를 당하고 방바닥을 데굴데굴 굴렀다. 새벽에, 나 혼자. 그때 고통을 참던 내 입이 툭 뱉어 버린 말이 이거다. "아씨 쪽팔려."

시트콤 제대로 찍었다. 이런 게 바로 스스로 파는 쪽의 대표적 예다. 나만 입 닫고 있으면 아무도 모를 일이지만 그 비밀을 지키는 게 은근 어렵다. 사실 대단히 쪽팔리는 일은 아니라는 생각에, 그 부끄러움보다는 누군가에게 얘기할 때 획득하는 묘한 쾌감이 우선되기 때문이다. 그 쾌감 부스터를 맞은 김에, 또 하나의 쪽팔린 사건을 고백해 보겠다. 아령으로 치면 200kg은 족히 될 쪽팔림이다. 내 인생 최초의 '채팅'에 관한 에피소드다.

1997년, 온라인이라는 말馬이 갓 걸음마를 뗐다. 컴퓨터 자체가 지금처럼 대중적이지 않았고 일부 마니아층의 전유물이었던 시대, 인터넷이라는 단어보다 컴퓨터 통신이라는 단어가 더 익숙했던 시대다. 인터넷이라는 건 그저 교과서 속에 있는, 기술 과목 중간고사의 단답식 답안 정도로 치부될 뿐이었다. 한 번도 직접 본 적은 없으나 그곳에 있긴 있다고 믿는 자유의 여신상 수준의 거리감이랄까? 천리안, 하이텔, 나우누리와 같은 플랫폼이 존재하긴 했지만 나는 재용이 형• 같은 사람이 아닌 평범한 중학생일 뿐이었다. 그때 우연히 채팅이란 걸 알게 됐다.

모르는 사람과 대화를 할 수 있다니! 남녀 공학이 판타지였던 사춘기 남중생의 심장을 뛰게 했다. '모르는', '이성'과 대화를 나눌 수 있다는 두 배치의 흥분이 온 몸을 휘감았고, 단 한 번도 관심 없었던 일부 마니아들의 세계를 탐험하고 싶은 욕구가 솟구쳤다. 컴퓨터가 달리 보이기 시작했다. 이 컴퓨터로 페르시안 왕자님만 주야장천 볼 게 아니었구나! 어차피 4-1 스테이지에서 나아가지 못해 깨지 못할 것 같던 엔딩, 페르시안 왕자가 공주를 구하긴 힘들어도 내가 나의

• 이재용이 아니다. 앞장의 FDD and SDD 참고.

공주님은 만날 수 있을지도 모르겠구나!

그때 처음 내 컴퓨터가 진화한 것이다. 게임의 도구가 아닌 소통의 도구로.

그런데 그 방법을 도무지 알 수 없었다. 한 블록 건너 인터넷 설치 전단이 붙어 있는 전봇대를 볼 수 있고, 수시로 인터넷 설치 홍보 전화를 받는 시대가 아니었다. 물어볼 사람도 없었다. 틈만 나면 뺨을 툭툭 치며 내 구레나룻 털을 뽑아 대던 기술 선생님? 오 노.

간신히 찾아낸 단 한 가지 사실은 '모뎀'이 필요하다는 거였다. 모뎀이란 게 있어야 컴퓨터 통신을 할 수 있다고 했다. 우선 내 컴퓨터에 모뎀이 설치돼 있는지 확인해야 했다. 덕분에 하드웨어 공부를 열심히 했다. 교과서에서만 봤던 입력 장치, 출력 장치 등의 용어가 완전히 내 것이 되는 순간이었다. 컴퓨터를 분해할 엄두는 내지 못했지만, 모뎀 구멍의 모양 정도는 알 수 있게 됐다. 할렐루야! 확인해 보니 내 컴퓨터 뒷면에 그 구멍이 있었다!

다음으로 필요한 건 통신 접속 플랫폼이었다. 그 덕분에 소프트웨어 공부까지 했다. 통신을 할 수 있게 하는 프로그램이 통신에 접속해야 다운 받을 수 있다는 아이러니 앞에서 좌절하고 있을 때, 하늘이 나를 도왔다. 그 전 달 컴퓨터 잡지를 사고 받았던 CD 부록에 이야기 3.0이라는 프로그램이 있는 게 아닌가!

'이야기 3.0 설치 완료!' 메시지 알림창이 떴다. 그 투박하기만 한 굴림체가 채팅의 성역에 다다른 환영의 메시지로 보였다.

전화기에 꽂혀 있던 선을 뽑아 PC 뒤에 꽂았다. 딸깍— 우와. 이게 정말로 꽂히네?

그르르르— 그르르르— 이상한 소리가 나기 시작했다. 우와. 이게 통신하는 소리인가?

삐삐삐삐삐— 그르르르에 이어 생전 처음 듣는 알람 소리가 났다. 이게 무슨 소리람. 내 컴퓨터에서 이런 소리가 난다고!? 마치 포켓몬이 진화하는, 악당을 처치하기 위한 로봇이 합체하는, 그 엄청난 진화의 순간을 보는 것처럼 가슴이 떨렸다.

마침내, 14인치 모니터 속 푸른 화면에 이야기 3.0에 접속한 걸 환영한다는 메시지가 떴다. 드디어 나도 컴퓨터 통신을 하게 된 거구나. 채팅을 할 수 있구나!

채팅 메뉴를 한참 찾아 겨우 들어갔다. 뭔지 모르겠지만 채팅 창에 접속이 된 것 같았다. 뭣도 모르고 안녕하세요, 라고 말을 먼저 건넸다. 그쪽도 안녕하세요, 라고 응답했다.

그때의 감동을 잊을 수가 없다. 외계인과 첫 대화에 성공한 나사 직원의 희열이 이러한 것일까. 나는 분명 미지의 행성에 첫발을 내딛은, 아니 그 발을 내딛자마자 외계 생명체와 대화를 시도한 최초의 우주 비행사가 된 것이다.

그 상대가 '아름다운' '여자'가 아닐 수도 있다는 생각은 전혀 할 수 없었다. 음성이 지원되지 않았음에도, 그의 '안녕하세요'는 내가 상상할 수 있는 가장 아름다운 목소리로 들려왔다. '안녕하세요'에 이어 다음 말을 뭐라고 해야 할지 수없이 고민했다. 정확히 무슨 말로 대화를 이어 나갔는지는 정확히 기억나지 않는다. 곧이어 받은 충격이 너무 커서다. 아무튼 본능에 이끌려 첫 만남의 필수 질문을 했던 것 같다. 남자냐 여자냐는 질문은 할 수 없었다. 혹시 상대가 불쾌감을 느껴 채팅을 그만둘 것 같아서다. 상대방도 그런 예의를 갖춘 것 같았다. 내 나이나 사는 지역, 성별에 대해 질문하지 않고 계속 나의 안부만 묻는 게 아닌가. 왜지? 이게 채팅의 룰인가? 조금 의아했지만 채팅을 이어 나갔다. 그런데,

이 인간이 갑자기 이상한 말을 하기 시작하는 게 아닌가. 나의 질문에 대답하지도 않고 곧장 다른 질문을 한다거나, 내가 물은 질문과 전혀 카테고리가 다른 대답을 하기 시작했다.

—학교 다녀왔어?

—밥은 먹었니?

라는 식의 대화가 이어졌다. 뭐지 이 사람? 자기 하고 싶은 말만 하는 타입인가? 하는 의문도 잠시, 나는 그의 정체를 확인하고 말았다. 그는 남자도 여자도 아닌, 컴퓨터였던 것이다. 이야기 3.0의 번들 채팅 프로그램. 으아아아아아악!!!

그때의 화끈거림을 잊을 수가 없다. 화풀이로 전화선을 홱— 뽑아 전화기에 다시 꽂았다. 그러자 부리나케 전화벨이 울리기 시작했다. 부모님이었다. 내게 남은 건 부모님의 호된 야단뿐이었다. 도대체 어디다 통화를 그렇게 했느냐고. 집을 그렇게 통화 중으로 만들면 어떡하느냐고. 아, 어마어

마하게 나온 전화비도 함께.

쪽팔리긴 하지만 낭만이 가득했던 시절의 일화다. 통신하기 위해 전화선을 뽑아야 했던 시절. 하나를 위해서는 다른 하나를 포기하는 게 당연했던 시절. Alt+Tab으로 얼마든지 멀티가 가능한 요즘이 아닌, 그르르르— 소리 하나에 온갖 신경을 곤두세워 집중하던 시절. 여러 개의 카카오톡 창을 띄워 놓는 대신, 지금 이야기하는 한 사람의 대답만을 간절히 기다리던 시절. 쪽팔리는 걸 모를 정도로 무모한 도전을 많이 했던 그 낭만적 계절.

HTT and 경필 쓰기

○ 내가 아는 최고의 미래학자는 앨빈 토플러도, 빌 게이츠도 아니다. 초등학교 시절 3학년 담임이셨던 정 선생님과 4학년 담임이셨던 배 선생님이다.

빨간 색연필로 일일이 아이들의 답안지를 채점하던 시대, 그분들은 컴퓨터 사용이 초래할 미래 시대론에 대해 종종 강의해 주셨다. 문제는 두 분의 학파가 달랐다는 거다.

정 선생님 : 이제 너흰 연필을 쓸 필요 없어. 컴퓨터로 타자를 치게 될 거거든. 그러니까 글씨 잘 쓸 필요 없다? 타자 연습이나 열심히 해. 경필 쓰기 대회는 곧 없어질 거야.

배 선생님 : 컴퓨터가 발달하긴 하겠지. 그래도 컴퓨터 키보드가 연필을 완전히 대체할 시대가 올까? 암만 그런 시대가 와도 글씨를 잘 쓰긴 해야 할 거야. 글씨는 마음의 거울이라는 사실은 영원히 변치 않을 테니까.

당시 헤게모니는 정 선생님이 잡았다. 정 선생님의 말씀에 따라야 그 귀찮았던 경필 쓰기를 하지 않을 수 있었기 때문이다. 우린 경필 쓰기 노트를 한구석에 치워 놓고 마음껏 한컴 타자 연습을 즐겼다. 부모님의 야단에는 정 선생님 핑계를 댔다. 엄마 아빠는 미래를 몰라. 우리는 미래를 준비하고 있는 거야. 그렇게 정 선생님 파 아이들의 글씨체는 개발새발이 되어 갔다.

배 선생님은 서예의 대가였다. 한석봉의 환생이 아닌가 싶을 정도로 글씨를 잘 쓰셨는데, 우리에게 그렇게 서예 연습을 시켜댔다. 배 선생님 파 아이들은 글씨체가 정말 예뻤다. 글씨는 마음의 거울이라는 말을 여전히 믿고 따랐다.

결과적으로는 정 선생님의 말씀이 옳았다. 'HTT'라는 글자를 봤을 때 'Http://'라는 인터넷 URL 대신 한컴 타자 연습을 떠올리는 80년대생들은, 이제 '한글과컴퓨터' 혹은 '워드'의 노예가 되어 오직 키보드로만 글을 쓴다. 주관식 문제와 수능 논술을 마지막으로, 연필이나 볼펜으로 보고서를 쓸 일도 거의 없게 되었다. 손글씨가 안 예뻐도 타자를 빠르고 정확히 칠 수만 있다면 딱히 피해 보는 일이 없는 세상이긴 하다.

하지만 배 선생님의 말씀도 틀린 건 아니다. 손글씨를 쓸 일이 별로 없어졌기에 손글씨가 예쁠 경우 호감도가 더 상승한다. 마을버스 광고란에서도 글자 교정 학원을 심심찮게 볼 수 있듯 예쁜 글씨체는 여전히 많은 사람의 로망이며 서예는 고급 취미가 됐다. 타이포그래피와 캘리그라피라는 문화 장르가 생겨나 주목을 받고, 하다못해 연애 편지를 쓸 때도 손글씨가 예쁘면 더 후한 점수를 받는다. 예쁜 키보드를 선물로 주긴 어색하지만 예쁜 필통은 오히려 센스 있는 선물이 되기도 한다.

경쟁하듯 한컴 타자 연습 속도를 올리던 때가 생각난다. 게임보다 더 게임처럼 즐겼던 학습 프로그램인 HTT로 누가 더 빨리 문장을 치나 내기를 하고, 베네치아 게임으로 수많은 '한글비'를 격파했다. 그 과정 덕분에 키보드에 익숙해졌다. 자판을 보지 않고 빠른 속도로 타이핑하는 건 작가라는 직업에 더할 나위 없이 좋은 무기가 됐다. 하지만 정작 중요한 메모는 연필에서 탄생할 때가 많다. 사각거리는 연필 소리가 여전히 좋다. 읽지 않은 메일로 가득 차 있는 메일함 대신 손편지 가득한 상자를 보고 싶다. 내가 쓸 수 있는 가장 예쁜 글씨로 편지지의 공간을 어떻게 잘 채울까 고민하던 간지러운 시간이 그립다.

정 선생님과 배 선생님은 지금 어떻게 지내실까. 정 선생님은 촌지 때문에 교직에서 물러나셨다는 얘기를 들었다. 그 후 한글과 컴퓨터에 초기 투자를 해서 어마어마한 돈을 벌었다거나, 디지털 시대의 개혁을 이끈 숨은 공신으로 변신하시진 않았을까? 나는 배 선생님을 더 보고 싶다. 선생님 덕분에 그나마 망가지지 않은 손글씨로 정성껏 편지를 써서 스승의 날이 아니라도 한번 찾아봬야 할 텐데. 선생님, 건강하시죠?

바리캉 and 염색

○ 어느 날 드라마 회의를 하다 아시아의 콘텐츠 산업에 관한 얘길 한 적이 있다. 90년대 그렇게 흥행했던 멜로 영화는 어디 가고 누아르물만 한가득 나오는 건지. K-드라마 하면 로맨틱 코미디(이하 로코)를 빼놓을 수 없는 건 맞지만 너무 자기 복제만 하는 건 아닌지. 어째서 최근 방영하는 로코물은 시청률이 3%를 넘기 힘든 건지. 요즘엔 대만이나 태국의 로코물이 더 재밌는 거 같지 않은지.

뭐 이런 이야기를 하다 중국 시장을 대상으로 한 드라마에 필수적으로 들어가야 할 요소와 들어가지 말아야 할 요소 이야기가 나왔고, 자연스레 중국의 공산화 정책에 대한 주제로 이어졌다.

대체로 비판적인 의견 사이에 이런 의견도 있었다. 중국은 수많은 소수 민족으로 이루어진 나라라 그들을 통합하려면 강력한 공산 정책이 필요한 게 사실이라고. 지금도 보이지 않는 곳에서 수많은 분쟁이 일어나고 있는데, 그 절대적 체제가 붕괴할 경우 전쟁 수준의 대혼란에 빠질 거라고. 나름 고개가 끄덕여지는 의견이었다. 대충 회의를 끝내고 밥을 먹으러 가려는데, 한 낀대(PD님 죄송합니다.)가 이런 얘길 꺼냈다.

— 그런데 우리 초등학교 시절도 똑같지 않았어? 그렇게 '나는 공산당이 싫어요.' 포스터는 그리게 했으면서도 정작 개별성을 존중받진 못했잖아?

— 맞아. 우리 학교는 기온이 영하까지 내려가는 엄동설한에도 교복 안에 니트나 조끼를 절대 입을 수 없었어. 삼바노 색깔 없는 거로.

— 우리도 무늬 있는 옷을 못 입었어. 어떻게든 개성을 억압하던 시대였으니까.

— 크린토피아도 없었는데, 손빨래하기도 힘든 흰 운동화만

매일 신는 게 말이 되냐.

사실이었다. 특히 두발이 그랬다. 남자의 경우는 머리 위 3cm, 여자의 경우는 귀밑 3cm로 통일해서 짧게 잘라야 했다. 헤어스타일이란 단어의 'ㅎ'자도 말하면 안 됐던 그 시절, 우리가 누리고 싶었던 자유는 거창한 게 아니었다. 그저 머리를 조금 기른다거나, 모양을 달리 하고 싶었다. 옆 학생의 머리와 내 머리의 스타일을 다르게 하고 싶었고, 공산당의 총칼보다 바리캉이 더 싫었을 뿐이다. 신체발부수지부모라는 그 소중한 머리카락을. 아무리 선생님이라고 해도 그렇게 싹둑싹둑 잘라 대다니.

그러자 몰래 애교머리를 기르고 과산화수소수나 맥주로 머리를 감아 탈색을 시도하는 아나키스트들이 등장하기 시작했다. 그들은 신체의 자유라는 기본권과 인권을 획득하기 위해 아등바등하던 시대의 반항아였을 뿐 결코 불량아가 아니었다. 그 일탈 행위에 기름을 부은 건 오히려 지나친 간섭과 억압이었지 그 어떤 범죄 심리 같은 게 아니었단 얘기다. 두발 자유화는 단순한 개성 표현을 떠나 기초 인권과 밀접

한 연관이 있는 게 분명했다. 가톨릭에서도 1972년 이후 전통주의를 고수하는 일부를 제외하고 정수리를 삭발하는 전통적인 관습을 폐지했고, 1987년 노동자 대투쟁 시에 현대자동차-중공업 노조가 처음으로 내건 게 두발 자유화•였을 정도다.

하지만 두발 자유를 외치던 학생들은 체제의 어마어마한 반동분자쯤으로 해석돼 각종 구타 및 고문에 시달렸고, 결국 참다못한 학생들의 봉기가 일어나고야 말았다. 듣기만 해도 가슴이 웅장해지는 두발 자유화의 태동이었다.

두발 자유는 '학생 인권'이라는 개념이 본격적으로 자리 잡았음을 알리게 된 상징과도 같다. 학생 인권 운동의 첫 시작은 1995년, 변호사가 꿈이었던 고등학교 1학년 최우주 군(우주 형이라고 부르고 싶다)에 의해서다. 우주 형께선 강원도 제일의 명문고인 춘천고에 입학한 지 5개월 만에 학생들의 정신적, 신체적 건강을 위협하고 인간적 존엄성을 묵살하는 입시 지상주의 학교 교육을 헌법 재판소에 정식 제소키로 한

• 민주화 이전에는 대다수의 노동자들이 머리를 밀어야 했다. 정말이다.

것이다. 뿐만 아니라 당시 김영삼 대통령과 교육부 장관, 강원도 교육감, 춘천시 교육장, 강원도 지사, 춘천 시장 앞으로 진정서까지 냈다고 한다. 와 멋있어 우리 형 아니 우주 형.

이어 PC통신 내 학생복지회가 결성됐고, 1998년에는 송파공고 학내에서 두발 자유를 외치는 종이비행기 · 풍선 시위가 벌어졌다. 2000년 3월에는 '학생 인권과 교육 개혁을 위한 전국중고등학생연합(학생연합)'이 결성되며 학생 인권 보장과 학교 민주화를 위한 움직임을 알렸다. 그리고 2000년 5월, 두발 자유화 운동이 본격적으로 시작됐다. 청소년 웹 연대를 주축으로 한 온라인 서명 운동이 14만 명을 돌파했으며 오프라인 곳곳에서도 두발 자유화를 향한 봉화가 피어오르기 시작했다.

그렇게 학생들은 두발의 자유를 획득했다. 여전히 학교마다 길이, 염색, 펌의 여부 등에 차이가 있긴 해도, 예전처럼 강압적으로 머리카락을 잘리는 일 같은 건 드물다. 2010년 10월 경기도교육청을 시작으로 학생의 존엄과 가치를 보장하는 학생인권조례가 공포되며, 마침내 학생들에게도 인권이 생긴 것이다.

아이러니한 건, 염색과 화장을 자유로이 하고 액세서리를 치장하는 지금의 초등학생을 향해 '스타일 있다!'라는 칭찬 대신 '학생이 저래도 되나?'라는 탄식을 내뱉는 것 또한 80년대생이라는 사실이다. 자유를 획득하긴 했으나 그것을 제대로 누려 보지도 못하고 어른이 되어 버린 탓인 걸까. 아니면 어느 지식인의 말처럼, 학생은 선생님과 다르고 아이는 어른과 다르다는 차별성을 고수하고 싶은 걸까.

또 다른 오류는, 이 인권 투쟁을 마치 본인이 이뤄낸 것처럼 떠드는 80년대 낀대들이 종종 보인다는 거다. 투쟁했던 세대가 80년대생인 건 맞지만, 모든 80년대생이 학생 인권을 위해 행동한 것은 아니다. 나를 포함한 대부분의 80년대생 역시 묵묵히 그 체제에 순응하며 자랐고, 90년대생처럼 그 인권을 거저 얻었다. 혹시라도 주위에 '요즘 세대들은 우리 덕분에 얻어 낸 자유를 지나치게 허투루 쓰고 있어.'라는 낀대가 있다면 물어보자. 우리 형은 아느냐고. 우리 우주 형.

그날 회의의 마지막엔 태국의 두발 자유 얘기도 나왔다. 태국은 학생들의 교복과 두발에 대해 한국보다 엄격하다. 특히 옷차림에 대한 규제가 그렇다. 국제 학교의 교복 컬러는 자유로운 편이지만, 공립 학교는 검은색 하의와 흰색 상의가 기본이다. 대학생들도 반드시 교복을 입어야 한다. 예의 그 낀대 PD가 말을 했다. 혹시 억압 속에서 낭만적인 꽃이 잘 피어나는 건 아닐까 하고.

억압이 미화돼선 안 되겠지만, 유럽의 낭만주의 역시 개성 없는 고전주의에 반발하여 탄생한 것이니 어느 정도 연관이 있을지도 모른다. 본디 낭만이란 건, 붙잡을 수 없는 이상과 현실이 만들어 낸

낭떠러지 가운데

만개한 꽃밭이니까.

도시락 and 급식

○ 1990년대 말부터 2000년대 초반 사이, 급식이라는 제도가 정착됐다. 우린 도시락 가방을 갖고 등교했던 마지막 세대가 돼 버렸다. 그래서 내게 도시락이란 단어는 'ㅁ'이나 'ㅇ'과 같은 울림소리가 거의 없음에도 포근하고 몽글몽글한 느낌을 준다. 보온 도시락 통 특유의 뜨끈한 온도, 오늘의 반찬을 확인할 수 있게 허락해 주는 4교시 종료 종소리, 도시락이 걸려 있던 책상 고리와 부리나케 도시락을 꺼내던 아이들, 김이 모락모락 나는 밥 위 계란프라이, 국이 없을 땐 보리차라도 들어 있던 국그릇…….

쥐불놀이처럼 도시락 통을 휙휙 돌려 가며 학교를 간 어느 날엔 국그릇이 쏟아져 난리가 났다. 계란프라이를 뺏기는 게 싫어 밥 아래에 숨겨 오는 친구들도 있었다. 반찬 통 뚜껑을 열었을 때 비엔나소시지나 장조림이 등장하면 환호성을 질렀고, 멸치볶음이나 깻잎지 같은 밑반찬이 전부일 땐 풀이 죽었다. 도시락 뚜껑을 뷔페 접시 삼아 아이들의 반찬을 빼앗아 먹는 문제아도 있었다. 미니 돈가스 9개 중 8개를 통째로 빼앗아 먹는 폭력이라니.

급식 시스템으로의 전환은 단점보다 장점이 더 많은 변화였다. 우선 도시락을 못 싸 오던 학생에 대한 지원이 수월해졌다. 사실 반찬을 빼앗아 먹던 학생들 대부분은 제대로 된 도시락을 싸 줄 어른이 없는 가정 환경인 경우가 많았다. 남을 괴롭히기 위해 반찬을 빼앗았다기보다는 나의 초라함을 드러내기 싫어 먼저 강한 척을 하는 학생들이었다. 급식은 그 비극을 없앴다. 반찬을 뺏기는 아이도, 뺏는 아이도 사라졌다. 반찬 종류로 인해 나뉘는 은근한 계급화도 없애 버렸다.

영양사의 노력으로 학생들의 건강 밸런스가 좋아졌고 부모님들도 편해졌다. 질리지 않는 반찬으로 식단을 구성하는 것과 도시락 통을 매일 세척하는 노동에서 벗어날 수 있었다.

하지만 급식이 가져온 가장 획기적인 변화는 따로 있다. 한 주 치 혹은 한 달 치 먹을 반찬을 미리 알 수 있게 된 거다. 점심시간 종소리를 들어야만 비로소 오늘의 반찬을 확인할 수 있던 예전과 달리, 내가 먹고 싶고 먹기 싫은 반찬을 미리 파악할 수 있는 자유가 생겼다. 밥과 반찬의 양을 조절하여 배식 받을 선택의 권리가 주어졌고, 음식을 남기면 안 된다는 책임감이 더 강해졌다. 삶에서 가장 중요하고 많은 시간을 차지할 수도 있는 식食에 대한 자유, 권리, 책임의 확대는 그렇게 학생들을 주체적이게 만들어 준 것이다.

혹자는 도시락 문화를, 80년대생에게도 개성이 발현될 구멍이 있었다는 주장과 결부시킨다. 어림없는 얘기다. 요리를 우리가 하는 게 아닌데 무슨 개성의 발현이란 말인가. 심지어 도시락 통까지 전부 부모님이 강제로 사 주는 걸 들고 다녔는데.

그런 무지성 전개라면 차라리 이런 것에 집중하는 게 더 재밌지 않을까. 맛없는 급식 반찬을 대비한 고추참치와 성경김 같은 아이템의 등장으로 식사 시간에도 템빨을 세우는 학생들이 생겨났다고. 90년대생들이 80년대생들과 다른 특징 중 하나가 바로 템빨에 의한 자신감이다. 왕족과 평민이 라는 계급은 어쩔 수 없이 나뉜다고 해도, 템빨 세운 평민이 아이템 구린 왕족을 바를● 수 있다는 당당한 자신감.

● 상대방을 압도적으로 제압하거나 능가한다는 뜻의 속된 말. 요즘 세대가 즐겨 쓰는 말이다.

삐삐 and 시티폰

○ 드라마 자료 조사를 위해 모 회사에 취재를 갔을 때다. 팀 회식 자리에까지 참석하게 됐는데, 3차로 간 노래방에서 생경한 모습을 목격했다. 90년대생들이 80년대생 못지않게 옛 히트 가요들을 부르는 게 아닌가. 본인들이 태어남과 거의 동시에 등장했던 그 노래들을.

어떻게 그럴 수 있는지 이유를 물었다. 부모님 혹은 형세 자매들이 부르는 걸 보고 배웠다는 이도 있었고, 별밤이라 불리는 신흥 클럽(?)을 통해 배웠다는 이도 많았다. 그런데 708090의 모든 세대가 어우러져 홍경민의 '흔들린 우정'과 UN의 '파도' 후렴구를 따라 부르던 화기애애한 분위기도 잠시, 95년생 직원의 질문 하나가 그 분위기를 급속 냉각해 버렸다. 80년대생 과장님과 70년대생 팀장님이 적절한 팀워크로 쿨의 히트곡인 '애상'을 부른 직후였다.

— 근데 팀장님도 삐삐 갖고 계셨어요?
— 뭐? 내가 삐삐도 하나 안 가지고 다닐 만큼 구린 청춘이었을 거 같아?

어휴, 우리 꼰대 팀장님. 95년생의 질문은 그런 뜻이 아니었다. 정말로 모든 사람들이 삐삐를 가지고 다닐 만큼 삐삐라는 기기가 유행이었는지를 묻고 싶은 거였다. 하필 조금 전 부른 노래 가사에 삐삐 얘기가 나왔기 때문이다.

그 95년생은 삐삐라는 걸 실제로 본 적이 한 번도 없다고 했다. 다른 90년대생들도 동조했다. 신석기 시대를 증명하는 빗살무늬 토기와 삐삐가 거의 동급이란 사실에 충격을 받은 팀장은, 노래방에 들어온 후 한 번도 놓지 않던 마이크를 놓고 라떼의 운을 뗐다. 이어진 해장 술자리에선 다른 꼰대와 낀대들까지 모두 합심해 '삐삐와 이동 통신 기기의 역사' 강의를 펼치는 게 아닌가. 결국 노래방까지만 동석하고 집에 가려던 내 계획도 무산되어 새벽 5시까지 붙잡혀 있었다. 이런$!%# 삐—

1990년대를 대표하는 물건 삐삐는 손바닥만한 크기의 작은 전자 기기로, 주머니 혹은 벨트에 차고 다녔다. 정식 명칭은 무선 호출기다. 영어 명칭은 페이저pager지만 메시지 수신 시 삐삐— 소리가 난다고 해서 비퍼beeper라는 명칭이 더 널리 쓰였다. 90년대 중반에는 우리나라 인구의 절반에 가까운 2,000만 명이라는 가입자 수를 자랑할 정도로 전성기를 누렸지만, 2000년대가 되며 급격히 소멸돼 버렸다. 휴대폰의 등장 때문이었다. 원거리 소통을 가능하게 한 삐삐의 등장은 혁명에 가까웠지만, 송신은 되지 않고 수신만 되는 단방향 통신 기기라는 한계는 결국 넘지 못했다.

삐삐의 LCD 창은 많아야 20자 정도의 한 줄 문장밖에 나타낼 수 없었다. 메시지를 수신하면 사용 가능한 전화나 근처의 공중전화를 이용해 발신자에게 연락을 했다. 삐삐 번호는 012, 015, 015-77, 015-79로 시작되는 번호에 끝자리 숫자는 네 자리로, 지금의 휴대폰 번호와 거의 비슷했다. 당시에도 마지막 네 자리 숫자에 들어갈 황금 번호를 차지하기 위한 경쟁은 치열했다.

삐삐와 휴대폰 사이의 과도기엔 시티폰이란 것도 등장했다. 삐삐의 단점을 보완해 주는, 송신만 가능한 반쪽짜리 휴대폰이었다. 그날 회식 자리의 90년대생들은 삐삐보다 시티폰의 존재에 더 놀라는 눈치였다. 본 적도 들어 본 적도 없는 기기가 시티폰이라고 했다. 그리고 전화를 받을 수는 없고 걸 수만 있는 그 괴상한 기기의 필요성이 대체 무엇이었는지 물었다.

그들은 모를 거다. 연인의 삐삐 호출을 받자마자 급히 연락을 해야 하는 긴박함을. 그런데 부모님 눈치 때문에 집 전화기를 쓸 수는 없고 집에서 가장 가까운 공중전화는 200m는 족히 뛰어가야 있는 진퇴양난의 괴로움을. 심지어 호출 메시지에 505(SOS), 8282(빨리빨리)라고 되어 있음에도 불구하고 모든 공중전화 박스엔 사람이 꽉꽉 차 있어서 30분 후에나 연락을 해 버린 탓에 헤어진 비극적인 연인들이 꽤 있다는 것을 알 리가 없다.

휴대 기기로 인한 소통의 경험 차이 또한 7090 사이 격차를 만드는 데 한몫한다. 태어나자마자 휴대폰을 만지고 자란 90년대생은 언제든 원할 때 소통을 할 수 있다는 게 당연하다. 하지만 삐삐도 없던 시절에 태어난 70년대생은 그럴 수 없었다. 기다림에 익숙해야 했다.

약속 장소에 늦게 도착하는 상대를 기다리는 두 세대를 상상해 보자. 수시로 연락하는 것이 불가능한 70년대생들은 그저 하염없이 기다렸다. 그래서 잘 기다리는 법을 배웠다. 왜 늦는 거냐고, 나 지금 화가 많이 났다고, 감정을 즉각적으로 전달하는 일이 불가능했다.

90년대생들은 다르다. 바보처럼 기다리기만 해서 다음에도 똑같은 상황을 반복할 게 아니라, 상대방과 다툼을 만들지 않는 선에서 내 감정도 솔직하게 표현한다. 잘 기다리는 법이 아니라 잘 표현하는 법을 배우는 것이다. 70년대가 추구하는 게 조심스럽고 정제된 인내라면 90년대가 추구하는 건 당당하고 솔직한 표현이다. 돌다리를 두들겨 보고 건너야 한다는 윗세대와는 달리, 그 돌들이 내 무게까지 견딜 수 있는지 없는지 일단 건너봐야 안다는 게 요즘 세대니까.

그러니 두 세대 사이의 80년대생은 괴롭고 또 어렵다. 마치 한 손에는 삐삐를, 한 손에는 시티폰을 들고 어쩔 수 없이 발생하는 시간 차이를 최대한 좁히려 애쓰던 모습처럼, 7090 사이의 격차를 좁히려 노력한다. 지금 이 순간에도 열심히 노력하고 있을 낀대들을 위해 재밌는 테스트를 하나 준비했다. 전 세대가 함께할 수 있는 삐삐 암호 테스트다.

삐삐 문화의 백미는 삐삐 암호였다. LCD라는 한계를 활용한 삐삐 암호는, 축약된 숫자를 통해 의사소통을 한 한국형 모스 부호 같았다. 다음은 당시 유행했던 삐삐 암호들이다. 요즘 인터넷에 '초딩들이 사용하는 잼민이어 테스트' 혹은 '10~20대들의 유행어 테스트'가 유행이던데, 뭐 그런 것이라 생각하면 된다. 이걸 다 맞히면 천재 인정. 아니, 낀대 인정.

1. 223

2. 505

3. 175

4. 486

5. 1010235

6. 982

7. 7942, 0242

8. 7676

9. 0027

10. 5875

11. 1200

12. 8578

13. 0455

14. 2848

15. 3575

16. 2525

17. 9977

18. 0090

19. 11010

20. 17317071

(정답은 뒷페이지로)

1. (둘이서)

2. (SOS, 긴급 상황)

3. (일찍 와)

4. (사랑해)

5. (열렬히 사모)

6. (굿바이)

7. (친구 사이, 연인 사이)

8. (착륙)

9. (땡땡이 치자)

10. (오빠 싫어)

11. (일이 빵빵, 무척 바쁨)

12. (바로 출발)

13. (빵 사 와)

14. (이판사판, 이제 그만 만나)

15. (사무치게 그리워)

16. (미워미워)

17. (구구절절)

18. (빵빵go, 지금 가는 중)

19. (흥 *옆으로 읽기)

20. (I Love you *뒤집어 읽기)

0~5개 당신은 분명 00년대에 태어난 아기

6~10개 80년대 바이브를 즐길 줄 아는 90년대생?

11~15개 낀대 인정… 인 줄 알았지? 아직 당신은 목마를 걸.

16~20개 완전한 낀대! 어디 가서 티내지는 말기.

수능 and 내신

○ 세상엔 바뀌어야 할 것이 너무나 많다. 하지만 정작 바뀌어야 할 것 대신 굳이 바뀌지 않아도 될 것들만 수시로 바뀌곤 한다. '백년대계'라는 말이 무색할 만큼 자주 바뀌어 온 교육 제도가 그렇다. 우리 80년대생들은 급변한 교육 제도의 가장 큰 피해자다. 흔히 얘기하는 이해찬 1세대의 비극.

이해찬 1세대란 1999년에 고등학교 1학년생이었던 세대를 일컫는 말이다. 당시 교육부 장관이 이해찬 장관이었는데, 이분이 야심 차게 꺼낸 교육 개혁 때문에 그야말로 우린 피똥을 쌌다. 당시 개혁의 주된 내용은 고등학교 야간 자율 학습과 월간 모의고사 등의 폐지였다. 특히 고교 교육 정상화 차원에서 진행한 프로젝트가 새로운 대입 제도 만들기였다.

특기 하나만 있으면 대학에 갈 수 있다!

라는 무시험 대학 전형이 발표되며 난리가 났다. 당구만 잘 쳐도 대학을 갈 수 있는 예술 당구 학과나 몇천만 원짜리 하프만 있어도 갈 수 있다는 하프 학과가 이슈 된 게 이때다. 입시란 괴로운 것이었기에, '하나만 잘해도 대학을 갈 수 있다!'라는 그 발표에 따라 느슨하게 공부하는 학생들이 늘어났다.

한 종류의 토끼를 누구보다 열심히 잡아야만 했던 기존 체제를, 두 종류의 토끼 중 어느 것 하나만 잡아도 상관없게 만들려는 시도는 좋았다. 하지만 결국 두 종류의 토끼를 전부 확실하게 잡아야 하는 최악의 현실이 도래하고 말았다. 특별 활동의 비중이 높아졌다 해서 시험의 비중이 낮아진 게 아니었다. 오히려 시험과 특별 활동 둘 다 잘해야 내신 성적 관리가 되는 그런 시대가 온 것이다. 우린 시스템이 바뀌기 전보다 두 배의 시간과 노력을 들여 내신 성적을 관리해야 했고, 이러한 내신 비중 확장에 따라 사교육의 중요성 또한 월등히 높아져 버렸다. 웃긴 건, 당시 교육 개혁의 이유가 수능 제도로 인한 사교육의 팽배 논란이었다는 거다. 이런 어이없는 아이러니.

악몽의 정점은 수능 시험이었다. 내가 치른 2002학년도 대학 수학 능력 시험은 터무니없이 고난도로 출제돼 버렸다. 2001년도 수능만 해도 400점 만점에 280점 이상을 맞은 사람이 수두룩했고, 그래서 380점짜리도 서울대에 가지 못했다. 그런데 2002학년도 수능은 350점만 맞아도 서울대에 합격하는 이변이 발생해 버렸다. 결국 이해찬 장관은 그에 책임을 느끼고 장관직을 사임하는 씁쓸한 결과로 이어졌다.

우리나라가 유독 수능 제도 및 교육에 민감한 이유가 있다. 그것이 곧 신분 제도와 직결되기 때문이다. 그 옛날의 과거제를 비롯해 공부가 고위 신분을 획득하는 수단이 되는 건 우리나라와 아시아권의 특징이다.

아무튼, 그건 그거고 우리가 마루타가 된 것에 대한 보상은 전혀 이뤄지지 않았다. 그저 100년 후를 위한 순교쯤이었다고 생각해야 할 듯하다. 어차피 우리 80년대 낀대들은 '억울'이라는 키워드에서 벗어날 수 없는 민족중흥의 역사적 사명•을 띠고 태어났으니까.

• 우리가 그렇게 외워야 했던 국민교육헌장의 일부 문구다.

스토리 and 캐릭터

○ 콘텐츠를 작업할 때 '스토리가 먼저냐 캐릭터가 먼저냐' 라는 이야기를 많이 한다. 이 둘의 구분을 자로 잰 듯 명확하게 나눌 순 없지만, 그 차이는 대충 이렇게 볼 수 있다. 80년대생들의 영원한 로미오인 레오나르도 디카프리오가 주연인 영화를 예로 들자면, 〈위대한 개츠비〉와 같이 부유한 백만장자 캐릭터에 대한 기억이 강렬하게 남을 경우 그 작품은 캐릭터 위주의 콘텐츠다. 반대로, 〈타이타닉〉과 같이 타이타닉호의 비극적 사랑 이야기란 콘셉트가 기억에 남으면 스토리가 우선인 콘텐츠다.

〈해리포터 시리즈〉, 〈아이언맨〉, 〈스파이더맨〉과 같이 제목부터 캐릭터를 앞세우는 히어로물은 당연히 캐릭터 위주고, 〈반지의 제왕〉이나 〈스타워즈〉는 앞의 영화들과 비교해 스토리 기반의 콘텐츠에 가깝다. 〈반지의 제왕〉에도 흰 수염을 휼날리는 간달프나 '마이 프레셔스'를 외치는 스미골 같은 인상 깊은 캐릭터가 있지만, 그들은 영화의 감초 역할인 조연일 뿐이다. 주인공인 호빗은 서사를 이끄는 역할을 주로 담당할 뿐 극 중 이름이나 말투도 제대로 기억하는 이가 없다. 〈반지의 제왕〉이 영웅 서사의 대표적 작품이라는 말을 많이 하는데, 여기서 영웅보다 '서사'에 힘이 실린다는 걸 기억해 두면 된다.

〈스타워즈〉에도 제다이라는 매력적인 캐릭터가 등장하긴 하지만 아이언맨의 고유한 능력이나 개그 코드보다는 '아임 유어 파더'라는 반전의 가족 서사를 이끄는 역할이 더 강렬하다.

재밌는 건, 708090이 추구하는 삶도 이 기준에 따라 나누어 볼 수 있다는 거다.

70년대생 : 스토리 기반 낭만주의

90년대생 : 캐릭터 기반 현실주의

80년대생 : 스토리+캐릭터의 하이브리드

70년대생에겐 성공 신화라는 게 있었다. 평범한 인물이 역경을 거쳐 결국 최고의 자리까지 오르는 스토리. 정주영 회장이 쌀계도 하나 들고 차관 도입에 성공했다느니 하는 그런 이야기 말이다. 인물의 뚜렷한 목적, 목적을 향한 여행, 그 여행을 방해하는 시련……. 그 기승전결의 대서사시 끝엔 찬란한 엔딩이 있다. 고작 1분짜리 엔딩이라 해도 그것이 반드시 안배돼 있을 거라 믿는다. 누구나 그 서사의 주인공이 되기만 하면 된다. 어떤 캐릭터든.

90년대생은 스토리보다 캐릭터다. 장대한 서사의 주인공이라는 빈칸에 껴 맞춰지는 것에는 큰 관심이 없다. 틀이 정해진 빈칸을 채워 넣어야 하는 생각 자체가 이미 '틀딱•'같다. 세상의 중심은 '나'다. 철저히 안배된 스토리가 아니다. 그래서 스토리의 서사보다 매력적인 캐릭터에 끌린다. 성공

• '틀니를 딱딱거린다'라는 일부 노인들의 특징에서 유래하였다. 자신의 나이를 빌미 삼아 젊은 사람들을 훈계하거나 공공장소에서 예절을 어기는 노년층을 비하하는 말이다. 비슷한 말로는 꼰대가 있다.

신화를 이룬 엔딩 장면 속 주인공이 아닌 현재의 '핵인싸'가 되길 희망한다.

평생의 스토리를 차곡차곡 쌓아 결국 얻게 되는 1분짜리 엔딩을 보는 것엔 큰 관심이 없다. 오히려 정해진 시간 내에 재밌게 플레이 하는 걸 중요하게 생각한다. 레벨 업을 위한 노가다는 똑같대도, 엔딩을 보기 위함이 아닌 '쎈캐'를 만들기 위함이라는 게 다르다. 스토리가 치밀하게 잘 짜여 있다고 한들, 그것을 그저 잘 수행해야 하는 모드엔 큰 흥미를 못 느낀다. 오히려 태생적 한계를 극복해 줄 전설급 아이템 줍기에 열광하며 능동적으로 몬스터 사냥에 나선다. 스토리에 대한 갈증은 치밀하게 설정된 세계관으로 대신한다. 그래서 요즘 세대들은 세계관 최강자들의 대결과 같은, 세계관 충돌에서 발생하는 개그 코드에 열광하는 것이다. 90년대생의 교과서와도 같은 국민 게임, '메이플 스토리'를 여전히 하는 어느 유저는 이렇게 말한다.

– 예전엔 어떤 루트로 성장을 해서 강해지느냐를 많이 따졌죠. 그리고 새로운 스토리 하나하나에 관심을 쏟았고요. 그런데 좀 달라졌어요. 지금은 그저 강해지는 데 집중하고

남들과 비교하기에 열중하는 느낌으로 바뀌었거든요. 스토리에서 재미를 느끼기보단 렙업과 아이템 파밍에서 확실한 재미를 느끼는 것 같아요.

80년대생은 하이브리드다. 스토리 기반이었던 세대에 태어나, 캐릭터 기반 콘텐츠의 주된 소비자가 되어 살아가고 있다. 캐릭터도 중요하고 스토리도 중요하다. 과정도 중요하고 결과도 중요하다. 성공한 70년대생들의 스토리를 갖고 싶고, 90년대생들의 쎈캐도 멋져 보인다. 우린 엔딩의 설계자도 아니고, 엔딩에 상관없이 순수하게 게임을 즐길 수 있는 매력적인 캐릭터를 키우지도 못했다. 그저 주어진 미션들을 성실히 완수하는 캐릭터로, 기성세대들과 같은 엔딩만을 바라보며 노력 중이다. 현질과 오토플레이를 적절히 활용해 가며.

한데 가끔은, 시스템을 설계한 기성세대들이 90년대생에게 흔들려 엔딩에 대한 보장조차 해 주지 않는다. 24시간이 모자라 죽겠는데도 그 24시간 어디에도 진짜 '나'는 없는 아이러니를 겪는다. 그야말로 주최 측의 농간이다. 그럴 땐 그 부조리함 속에서도 흔들림 없는 쎈캐가 부럽다. 설계된 세상에 맞춰 살아가는 게 아닌, '나'를 설계하며 살아가는 90년대생들의 캐릭터가.

치트키 and 포기

○ Show me the money – 무한대의 돈

Power overwhelming – 무적

영어 숙어나 속담이 아니다. 1998년에 발매돼 아직도 인기를 이어 오고 있는 저명한 게임 스타크래프트 속 치트키cheat key다. 치트는 '속이다'라는 뜻으로, 게임에서의 '치트키'란 제작자들이 만들어 놓은 비밀키를 뜻한다. 이 치트키를 입력하면 돈을 무한대로 생성하거나 무적이 될 수 있었다. 원하는 엔딩을 곧장 보는 것도 가능했다. 80년대생들이 즐긴 게임에는 거의 무조건 치트키라는 게 있었다. 그래서 그런지 몰라도 삶에도 치트키가 있다 믿었다. 그게 바로 인맥이다. 어디든 아는 사람만 있으면 굳이 긴 대기열의 끝에 서지 않아도 되고 더 많은 혜택을 받는다. 그래서 우린 사람 사이의 정으로 포장한 '인맥'. 소위 말해 연줄을 중요하게 여긴다. 유사시에 필요한 치트키로.

90년대생들은 다르다. 인맥 형성이라는 치트키에 별 관심이 없어 보인다. 치트키로 엔딩을 보는 게 재미가 없어서일까? 아무리 인맥이란 걸 활용해 봤자 흙이 금이 된다든가 하는 메인 설정값엔 영향을 주지 않는다는 걸 알고 있어서일까? 그들은 치트키를 써서 엔딩을 보기보다 게임을 더 순수하게 즐길 방법을 연구한다. '승리'라는 글자만으로 느낄 수 있는 단맛보다 승리 후의 치킨 맛에 더 관심을 둔다.

애초에 치트키와 같은 부정不正을 참지 못하기도 한다. 어차피 계급을 바꿀 수 없는데, 선의의 경쟁이라도 해야 하지 않겠느냐는 거다. 고생하는 삶을 피할 수 없다면, 적어도 똑같이 정정당당하게 고생해야 한다는 정의를 지키고 싶어 한다. 비록 낭만은 사라졌다 한들 정의를 수호하는 것엔 지나치게 적극적인 것 또한 90년대생의 특징이다.

그들도 인맥의 중요성을 모르는 건 아니다. 다만, 그러한 인맥이란 애초부터 철저한 계산으로 만들어진 관계라는 것에 포인트를 둔다. 그리고 정으로 이루어지는 관계와 정이 없는 사회적 관계를 확실히 구분 지을 뿐이다. 정으로 이루어지는 관계에 불순물(인맥 만들기를 위한 의도적인 접근)이 첨가되는 걸 싫어하며, 순수한 의리와 우정을 좇는다. 인맥에 매달려 살아가는 을은 멋도 없지 않은가. 인맥의 중심에서 모두가 나를 찾는 핵인싸면 모를까.

회사를 거꾸로 하면 사회가 된다. 인맥을 중요시하는 7080들에게 회사란 곧 사회다. 그래서 워라밸을 완벽히 나누고 회사 내 사회생활에 참여하지 않는 90년대생들을 걱정한다. 괜한 걱정이다. 90년대생들은 굳이 그 단어를 거꾸로 놓기 싫다. 회사는 회사일 뿐이니까. 그러니 80년대생이 생각하는 사회생활에 대한 90년대생의 포기는 포기가 아닐지도 모른다. 그저 남이 깨면 계란 프라이, 내가 깨면 부화라는 아주 간단한 공식을 지키고 있을 뿐이다.

나는 그들에게 한 표 던진다. 어차피 인생이란 치트키가 없는 게임이니까. 다만 관계 자체의 중요성을 무시하는 극

단적인 이들에겐 말하고 싶다. 관계란 중요한 것이라고. 개인의 욕망이 탐욕으로 변질되어 갈 때, 그 집착을 덜어 주는 게 타인의 역할이자 관계라고.

자물쇠 and 도어 록

○ 이별 후 현관 비밀번호를 굳이 바꾸지 않았다. 누군가 물었다. 왜 비번을 안 바꾸느냐고. 귀찮아서, 라고 제법 쿨하게 대답하며, 비밀번호가 많아지는 게 싫다고 덧붙였다. 자취생의 연애 횟수가 궁금하다면 현관 비밀번호가 바뀐 횟수를 확인하면 된다는 얘기가 있는데 그런 캐릭터가 되는 건 싫다고 말했다.

진실은 따로 있다. 디지털 도어 록을 아날로그 자물쇠처럼 쓰고 싶어서다.

아날로그식 자물쇠일 땐 그 자물쇠에 딱 맞는 열쇠 하나만 존재했다. 하나의 열쇠는 오직 하나의 자물쇠만을 열 수 있었고, 그 열쇠가 아니면 자물쇠는 열리지 않았다. 물론 열쇠를 복사할 수 있었지만 모든 사람에게 열쇠를 복사해 주진 않았다. 내 열쇠를 맡긴다는 건 엄청난 신뢰의 상징이었고, 열쇠를 잃어버리기라도 하는 날엔 자물쇠 자체를 파기하고 새 자물쇠를 다는 게 더 나았다.

디지털 도어 록은 참 쉽다. 열쇠를 갖고 있지 않아도 비밀번호만 알면 누구든, 언제든 들어갈 수 있다. 누군가에게 비밀번호를 가르쳐 주는 것도 예전보다는 어렵지 않다. 언제든 바꾸면 그만이니까.

그게 싫었다.

하나의 자물쇠에는 하나의 열쇠만 있으면 된다. 그래서 비밀번호를 안 바꿨을 뿐이다. 누군갈 기다리는 찌질함은 분명히 아니다.

— 현재에 충실하지 못하는 미련 따위를 극도로 싫어하는 90년대생과 다른, 무려 1년 전의 이별에 여전히 힘들어하며 현관 비밀번호를 바꾸지 않고 있는 어느 찌질한 80년대 낀대의 일기장에서 발췌

리니어 and 논리니어

○ Linear — 선형식. 3분 11초에 해당하는 장면을 보기 위해서는 0분 0초부터 다 봐야 함.

Non-Linear — 비선형식. 3분 11초를 보고 싶다면 3분 11초에 커서를 갖다 놓으면 됨.

휴대폰의 등장 및 인터넷의 상용화만큼이나 주목해야 할 21세기의 변화가 있다. 리니어식 매체들이 논리니어로 대체됐다는 사실이다.

카세트테이프나 CD 플레이어는 대표적인 리니어 매체다.

선형식 매체로 노래를 들을 땐 좋아하는 노래의 원하는 구절을 정확히 찾아 듣는 방법 따위 없었다. 그저 그 부분이 나올 때까지 쭉 듣거나, 신들린 손놀림으로 REW와 FF를 반복해 눌러 가며 해당 구간을 찾는 수밖에 없었다. 영상도 마찬가지다. 비디오 플레이어의 버튼을 하도 눌러 대다 비디오가 씹혀 버리는 지옥도가 펼쳐지는 일이 허다했다.

MP3와 AVI 파일의 등장으로 세상이 바뀌었다. 강남역의 그 유명한 신나라 레코드가 문을 닫았고 동네마다 있던 비디오 가게들이 문을 닫았다. 소리바다로 음악 파일을 찾아 MP3 플레이어로 음악을 듣던 시대도 훌쩍 지나, 휴대폰 앱을 이용해 노래를 듣고 영상을 본다. 원하지 않는 부분은 스킵하고 원하는 부분만 바로 찾아 볼 수 있는 선택의 시대를 누리고 있다. 90년대생들이 다른 세대들에 비해 '선택'을 능동적으로 하게 된 이유가, 이러한 논리니어모의 변화 때문이란 얘길 굳이 하려는 건 아니다. 그냥, 세상은 확실히 더 편해졌다. 선생님이나 직장 상사 몰래 노래를 듣는 것만 봐도 그렇다. 리니어 시대에선 이어폰 줄을 교복 소매(하복은 절대 불가)로 몰래 빼서 어중간하게 턱을 받치는 형태로 듣거나, 등에서 목으로 올라오는 라인을 타고 선을 뽑아(뮤지컬 배우처럼) 교묘하게 귀에 걸쳐 듣곤 했다. 하지만 지금은 너무나 간단하고 수월해졌다. 소형 와이어리스 이어폰을 꽂고 긴 머리를 풀어 헤치기만 하면 되니까.

편해지지 않는 건 오직 사람. 그리고 사랑뿐이다. 왜 화가 난 건지, 우리의 다툼이 발생한 곳은 어딘지, 복구를 하기 위해 찾아야 할 지점은 어디쯤인지. 리니어와 논리니어 그 어떤 방법으로도 여전히 정확한 지점을 찾을 수 없는 어려운 음악, 혹은 엔딩 미정의 영상.

UCC and 유튜브

○ 남들보다 입대를 좀 늦게 했던 나는 07년도에 복학을 했다. 복귀한 세상엔 몇 가지 놀라운 변화가 있었다. 첫 번째로는 '헐'이라는 말의 유행이었다. 만화 속 말풍선에서나 봤던 그 말을 직접 하고 다니는 사람들을 보며 깜짝 놀랐던 기억이 있다.

두 번째는 말 줄임 및 신조어의 본격적인 등장이었다. 읽을 수 없는 글자들이 너무 많았다. OTL? JTL•과 같은 가수인가? '2NE1'? 어떻게 읽어야 하지? 이네일? 투네원? 'KIN'은 또 뭐람. 작품의 결말을 뜻하는 'FIN'과 비슷한 용어인 건

가? 저런 말을 잘 알아야 복학생 티가 안 나는 걸까? 신입생들에게 복학생은 완전히 'KIN'? 그 어려운 물음표투성이 세상에 적응하기까지 한참 걸렸다. 그야말로 헐이었다. 헐—

세 번째가 바로 대외 활동의 시작이었다. 05년도에 입대할 당시만 해도 취업을 위해 갖춰야 할 것이라곤 학점과 영어, 기껏해야 한문과 컴퓨터 자격증밖에 없었다. 그런데 07년도부터는 대기업들이 본격적으로 '대외 활동'이란 걸 내세웠다. 그로 인해 과방이란 공간이 변해 버린 모습은 가히 충격적이었다. 새벽까지 술 마시느라 집에 못 간 학생들의 여관, 강의를 땡땡이치고 선배, 동기들과 술독에 빠져 놀던 탈출구 같았던 공간이, 대외 활동 지원서 쓰는 신입생들과 이력서 한 줄이라도 더 추가하려 경쟁하는 스터디 룸이 돼 버린 거다. 헐랭—

그와 함께 급부상한 단어가 바로 '공모전'. 그중에서도 UCC(유저 크리에이티드 콘텐츠)• 공모전이었다. 기업 입장에

• H.O.T.의 멤버였던 장우혁, 토니안, 이재원이 결성했던 그룹. 왜 날 떠나갔냐고 묻는 인상적인 후렴구의 'A Better Day'라는 명곡을 남기고 훽 떠나가 버렸다.

선 대학생들의 신선한 아이디어도 착취하고 마케팅 효과도 누리는 일석이조의 짭짤한 전략이 아닐 수 없었다. 복학생의 넘치는 의욕으로 나 역시 모 대기업의 광고 UCC 공모전에 참가했다.

아마도 그때가 처음으로 회사라는 괴물의 추악한 이면을 마주했던 순간이 아닐까 싶다. 최종 심의에 오른 사람들을 갑자기 소집하더니 영상의 질만으로 수상자를 선정하겠다던 초기 방침을 멋대로 바꿔, 높은 조회수에 대한 가점을 부가하겠다는 게 아닌가. '바이럴 마케팅'의 시작이었다. 이게 뭔. 헐퀴—

내가 속한 팀은 2위에 그쳤다. 1위를 한 팀은 우리 팀보다 영상의 질 점수는 낮게 받았으나, 명동에서 말 얼굴 탈을 쓰고 삼겹살 구워 먹는 퍼포먼스로 엄청난 조회 수 가점을 받았다. 현재 유튜브 예능의 시초라고도 할 법한 그 영상을 만든 1위 팀의 노력에는 박수를 보낸다. 하지만 그 회사의 태도엔 손가락 욕을 날릴 수밖에 없다. 그 공모전의 정체란 대

● UCC란 지금의 유튜브 영상을 포함하는, 2000년대 초중반에 유행했던 영상 유형의 한 종류다. 엄밀히 말하면 유튜브는 플랫폼이고 유튜브 속 영상이 UCC인 것.

학생의 창의력을 시험한답시고 그저 모난 데 없이 전무후무 기업에 충성할 수 있는 제너럴리스트(책임자)를 양성하기 위한, 손 안 대고 코 푸는 도구였으니까. UCC란 단어는 이렇게 발음하는 거 맞죠? 우씨!!

다행히 UCC의 진화 격인 유튜브는 제너럴리스트가 아닌 스페셜리스트(전문가)들의 놀이터로 자리 잡았다. 본인이 진정 좋아하는 것들을 타인에게 소개하는 스페셜리스트들과, 그에 뒤질세라 개성을 뽐내는 센스 있는 댓글들이 넘쳐나는 대자연의 놀이터. UCC 시절의 목적성을 가진 댓글러나 유저는 자연스레 필터링 되는 진정성 어린 공간이다. 그 진정성은 과거 우리가 오타쿠라고 놀려대며 무시하던 이들이 얼마나 매력적인 사람이었는지를 다시금 들여다보게 만드는 인간미 넘치는 공간이기도 하다. 탈 인간적인 요즘의 변화 속, 이 인간적인 공간은 그래서 대중들에게 많은 사랑을 받는 게 아닐까. 막이래.

Y and Why

○ 초등학교 4학년, 어머니와 친분 있던 유치원 원장 선생님의 부탁으로 유치원 재롱 잔치에서 공연했다. 5, 6학년 형들과 함께 후드티를 입고 현진영 Go 진영 Go를 외치며 격렬한 하이니• 춤을 췄던 기억이 난다. 그때 찍은 사진을 보면 형광의 요란한 서태지 모자를 쓰고 있다. 그때 부른 현진영의 '흐린 기억 속의 그대'는 아직도 내 노래방 필수 곡이고, 대학 시절 첫 O.T에서는 서태지의 '난 알아요'를 부산 사투리 버전으로 불러 98학번 선배들의 사랑을 한몸에 받았다.

• 무릎을 가슴팍까지 높이 끌어당기는 춤.

현진영과 서태지가 이끈 힙합 열풍은 젝스키스와 H.O.T.로 이어졌다. 여섯 개의 수정 젝스키스는 '학원별곡(學園別曲)'을 부르며 공교육을 비판했고 H.O.T.는 우리가 미래라며 진공관 춤을 췄다. 현진영은 사라지고 서태지와 아이들은 교실 이데아를 부르짖으며 록으로 전향했다. 그렇게 1999년이 왔다. 가녀린 외모와 달리 파워풀한 목소리를 자랑하던 이정현이 부채를 들고 아날로그 시대를 날려 보냈다. 그리고는 테크노 열풍이란 어마어마한 바람을 불러일으켰다. 정말로 모든 걸 다 바꿔야 할까 봐 걱정했던 Y2K 바이러스는 없었다. 1999년 12월 31일 밤에 컴퓨터를 재부팅 하지 않으면 큰일 난다는 도시 전설은, 마치 섣달 그믐날 잠을 자면 눈썹이 하얗게 변한다는 속설만큼이나 허무하게 사라졌다. 대신 세기말적 음악과는 아무 상관 없는 미남 록밴드인 Y2K가 잠깐 등장하긴 했다.

2000년이 되자 쿵따리 샤바라로 온 가족의 사랑을 받던 클론 형들이 근육질의 섹시한 몸을 노출하며 '초련'을 히트시켰다. 방 불을 다 끄고 야광봉을 들고선 형들의 춤을 따라 했다. 그와 함께, 정신을 놓을 만큼 상체를 흔들어 재끼는 테크토닉이란 춤이 전 세계적으로 히트했다. 이어 가수와는 거리가 멀어 보이는 육중한 몸집의 싸이가 등장해 우스꽝스러운 새 춤을 추며 인기를 훨훨 끌었고, 2003년 기점으로 다시 힙합 붐이 일었다. 예전과 다른 게 있었다면 격한 댄스 대신 감미로운 멜로디가 더해진 힙합이었다는 거다. 그때 우리가 열광했던 노래가 뭔지 다들 짐작 가능할 거다. 싸이월드 필수 BGM으로 유명한 프리스타일의 'Y (Please Tell Me Why)'. 제목 그대로 그 노래는 우리 Y세대의 주제가가 됐다.

Y세대는 1980년대 초반부터 2000년대 초 사이에 태어난 세대를 말한다. 에코 세대 또는 밀레니얼 세대라고도 불린다. 이 Y세대의 고질적인 문제 또한 Why다. '왜?'라는 질문을 어려워한다는 거다. 어른들은 우리가 '왜?'라는 질문을 하는 걸 원치 않았다. 그러한 철학적 질문을 할 시간에 어떻게How 세상을 살아가야 할지 고민하는 게 더 현명하다 했다. 아날로그에서 디지털로 급발진하는 세상 속, 철학적 사유는 중요치 않았다. 해를 거듭하며 등장하는 최신 기기들을 어떻게how 사용해야 하는지를 습득하는 데도 진이 빠졌으니까.

살아가는 데 있어 How보다 Why가 훨씬 중요하단 걸 깨닫게 된 건 정말로 우연이었다. 부전공으로 연극 영화과 수업을 들었는데, 기초 연기 수업을 가르쳐 주셨던 교수님이 해 주신 말에서 그 진리를 깨달은 것이다.

– 연기를 잘하기 위해선 How보다 Why를 먼저 생각해야 해. 감정을 어떻게 표현할지보다 그 감정이 왜 생겨났느냐를 떠올리는 게 연기의 처음이자 마지막이야.

삶도 결국 연기 아닌가. 괜찮다는 연기. 잘 될 거라는 연기. 그러니 그 연기를 제대로 해내기 위해선 How보단 Why를 생각해야 한다. 어떻게 살아야 할지도 중요하지만, 왜 그런 일을 하며 살아야 하는지를 먼저 생각해야 진정성이 생긴다.

본캐 and 부캐

○ 2021년을 강타한 아이돌이 있다. 유튜브에서 BTS만큼이나 이슈가 된 그룹, '제이호'와 '탄'이 멤버로 있는 '매드몬스터'•다. *하이 에이치 아이— 엠에이디 엠오엔에스티이알—*

주로 온라인에서 활동하는 그룹인 이들이 오프라인 방송인 〈엠카운트다운〉과 〈유희열의 스케치북〉까지 출연한 건 가히 충격이었다. 심지어 매거진 화보와 CF도 촬영했다. 전 세계 60억 포켓몬스터••들을 거느리고 있는 아이돌이니 딱

• 이들이 한 콘텐츠 회사인 '샌드박스네트워크'에 소속된 개그맨 이창호와 곽범이라는 얘기는 하지 않겠다. 그랬다가는 매드엔터로부터 소송 당할지도 모르니.

•• 매드몬스터의 팬덤 이름이다.

히 이상할 건 없지만, 그래도 지금까지의 세계관을 뒤흔든 엄청난 충격이었다. 이게 대체 무슨 말인지 감도 못 잡는 낀 대들은 우선 검색부터 해야 할 테고.

바야흐로 부캐의 시대다. 이와 관련해 대학교 전공 수업에서 배운 '시뮬라시옹Simulation'이라는 개념이 있다. 프랑스의 철학가 장 보드리야르가 말한 개념으로, 그는 실재가 실재 아닌 파생 실재로 전환되는 작업에 대해 '시뮬라시옹'이라 칭했다. 그리고 모든 실재의 인위적인 대체물을 '시뮬라크르Simulacra'라고 불렀다. 그에 따르면 현대 자본주의 사회는 사물이 기호로 대체되는 곳으로, 현실의 모사나 이미지인 시뮬라크르들이 실재를 지배하고 대체하는 곳이다. 그러다 재현과 실재의 관계가 역전되어 더는 흉내 낼 대상이나 원본이 없어졌을 때 더욱 실재 같은 극실재(하이퍼리얼리티)를 생산해 낸다는 게 그의 주장의 핵심이다. 간단히 말하자면, 더는 이 세상에 진짜 원본은 없고 원본과 모사물의 구별도 없어진다는 거다.

그 수업의 중간고사 발표도 생각난다. 당시엔 프리챌을 중심으로 하는 커뮤니티 문화가 막 태동하기 시작했는데, 그에 따라 아바타와 미니홈이라는 개념이 처음 등장했다. 싸이월드의 미니홈피가 아직 인기를 얻기 전 시기다. 우린 온라인 세계의 아바타에 대해 다소 비판적 논조로 발표했다. 온라인 도피는 인간의 존엄성을 해칠 수도 있다며, 아바타에 자신을 투영하는 일 따윈 그만둬야 한다는 게 주된 내용이었다. 수업을 들은 대부분 학생이 그에 동의했다. 몇 달 후, 너도나도 싸이월드 도토리를 구매하여 미니홈피를 꾸미고 BGM을 사는 모습을 발견했단 건 안 비밀이지만.

요즘 90년대생을 만나면, 기본 카메라 앱은 열지도 못하게 한다. 자동 성형 필터가 제공되는 각종 카메라 앱으로 찍은 뒤에도 다시 포토샵을 하는 게 일상이 됐다. 심지어 자연스러운 성형 수술을 위해 제출하는 사진이란 게 연예인 사진이 아닌 성형 앱으로 찍은 자신의 사진이라니. 새삼스런 세상이 아닐 수 없다. 아무도 그것을 자존감 이슈와 연결하지 않는다. 오히려 하얀 점이 가득한 괴이한 필터를 씌워 자기 얼굴을 더 망가트리거나, 외계인처럼 과한 필터를 씌우는 등 유희적 요소로 작용하기에 이르렀다.

인스타그램에서 부계정을 만드는 90년대생들은, 그것이 전혀 음침한 행동이라 생각하지 않는다. 카카오톡 역시 대놓고 멀티 프로필을 지원한다. 이 모든 걸 거북스럽게 생각하는 건 이제 80년대생 낀대들 뿐이다. 여전히 그들은 부캐의 존재를 현실 도피라 생각한다. 02년도에 발표했던 그 수준에서 머물러, 이러한 자아 분리 현상을 디스토피아적 비극으로 여긴다. 온라인을 오프라인 세계의 확장 개념으로 보지 않고, 오프라인이라는 양지 뒤의 음지쯤으로 치부하는 거다.

하지만 분리는 현재 너무나 일반적인 키워드가 됐다. 온라인은 이제 오프라인이 만들어 낸 허상이 아니다. 그런 생각으론 다가올 메타 버스 세계를 준비할 수 없다. 나이키와 구찌, 현대 등 대기업들이 앞다투어 메타 버스 세계를 선점하고 이미 유명 가수들의 콘서트와 사인회가 열리는 세상이다. 80년대생들이 수저론 앞에서 참담해 하는 사이, 90년대 이후 세대들은 그것을 유희적으로 극복하는 방법을 찾아냈다. 부캐라는 온라인상의 또 다른 '나'를 만들어 그 스트레스를 푼다. 오프라인에서 극복할 수 없는 태생적 한계를 극복할 수 없다면 온라인에서 얼마든 극복하면 되는 시대가 열렸다.

그 시작은 현실도피가 맞을지도 모른다. 요즘 90년대생들이 열광하는 홍미 코드가 세계관 충돌인 것으로 짐작건대, 헬조선이라는 세계를 정말로 파괴할 순 없기에 세계관이 충돌한다는 카타르시스에 깊이 빠져드는 건 아닐까 하는 생각도 든다. 하지만 그 과도기를 거쳐 디스토피아는 유토피아적인 면모를 보이기 시작한 게 아닐까? 부캐의 유행은 오히려 본캐까지 선명하게 만드는 효과를 불러일으켰다. 현생에선 감춰 두고 포기해야 한다 생각했던 욕망을 부캐를 통해 실현함에 따라, 오히려 현생의 본캐까지 덩달아 건강하고 솔직해진 거다.

온라인은 이제 나를 소비하는 공간이 아니니다. 나를 생산하는 또 다른 공간이다. 나인 투 식스의 회사를 다니는 것이 어쩔 수 없는 현생의 숙명이라면, 그렇게 번 돈으로 퇴근 후의 진짜 내 삶을 만들자는 게 요즘 세대다. 그리고 그 세대가 마음껏 활동하는 신대륙이 바로 온라인인 것이다. 온라인은 더는 숨고 감추는 공간이 아니다. 오히려 나를 드러내는 공간이다. 나를 드러내는데 가짜와 진짜의 구분은 없다. 그 가짜의 나 역시 또 다른 내 모습일 테니까.

최근 한 90년대생이 조심스레 내게 물었다. 인스타그램의 재밌는 게시물을 공유할 때, 곧장 DM으로 보내면 되는 걸 왜 굳이 URL을 복사해 카톡으로 공유하는 번거로운 방법을 사용하느냐는 것이었다. 싸이월드 쪽지와 버디버디를 하며 자란 80년대생과, 페메(페이스북 메시지)에 익숙한 90년대생의 간극이 느껴지는 순간이었다. 우리 세대에게 메시지(쪽지)는 카톡만큼 자연스러운 소통의 도구가 아니기 때문이다. 마치 독서실에서 마음에 드는 사람에게 갖다 놓는 쪽지처럼 마음을 몰래 전달하는 의도가 포함된, 어딘지 모르게 평범하지 않은 소통 수단이랄까?

온라인 공간의 인식 변화는 80년대생에게 없는 90년대생 특징 중 하나인 '댓글 소환' 문화만 봐도 알 수 있다. 댓글 창에 친구 계정을 소환하여 그곳에서 자유로운 소통을 하는 거다. 80년대생들은 이 소환 문화가 낯설다. 공개된 장소에 친구의 아이디를 소환하는 것도, 누군가의 소환으로 내 아이디가 만천하에 드러나는 것도 상당히 부담스럽다.

그래도 이젠, 우리 낀대들도 댓글 소환을 시도해 보는 건 어떨까? 공개-비공개를 개의치 않고, 개인-공적 공간을 상관 않고 거리낌 없이 나를 드러내 보자. 그 사소한 시도가 새로운 세계관으로의 확장을 도와줄지도 모른다. 출근길 마을버스에만 오르는 게 아니라, 메타버스에도 뒤처지지 않게 탑승해 보는 거다. 나부터 당당히 그 총대를 매야겠다.

ID ; oilfree84

아날로그 and 디지털

○ 디지털 세대의 다른 말은 디테일 세대가 아닐까.
90년대생이 유난히 디테일한 이유를 최근에야 깨달았다.

아날로그가 숫자들을 이어 만든 선이라면,
디지털이란 이어지지 않은 점들의 집합이다.
아날로그란 0, 1, 2, 3, 4…와 같은 연속적 체계지만,
디지털이란 0, 1, 0, 1로만 이루어진 불연속적 신호다.

아날로그 세대가 얼마나 많은 숫자를 더 오래 셀 수 있는가에 집중할 때,

90년대생은 0과 1 사이의 새로운 것에 집중한다. 0과 1만으로는 재미가 없기에 그사이의 0.5, 그 사이의 0.25, 0.125… 0.00001들을 찾아내는 것이다.

그래서 디테일하다. 멀리 보기보다는 깊게 본다. 디테일하지 않은 것들에게서는 매력을 느끼지 못한다. 한계가 정해져 있대도 낭만을 잃어버리진 않았다. 이들은 억, 조, 경을 외치는 대신 0.014214143131… 같이 무한대의 소수들을 발견해 내는 중이다.

그래서 탄생해 버린,
세상 어디에나 있기에 세상 어디에도 없으면
좋을 것 같은 8089 낀대 가나다 열전*.

Part 3

낀대, 그래서?

● 해당 챕터의 이야기는 80년대생 낀대와 함께 살아가는 안타까운 이들의 실화를 바탕으로 재구성하였으나 특정 인물, 지명, 회사와는 상관이 없음을 밝힌다. 낀대력순이 아닌 가나다순으로 정렬하였으니 내가 더 최악의 낀대를 만나 괴롭다는 분쟁은 부디 벌어지지 않길 바란다.

브레이크를 밟지 못하는 사람은

액셀도 제대로 밟지 못한다.

'가'도 괜찮아? 정말? 내일 다 할 수 있겠어?

그의 시계는 거꾸로 간다
85년생 '야근 낀대' 박 팀장

○ 회사에서 제공하는 최초이자 최고의 복지는 식대 지원도, 명절 선물도 아니다. 바로 칼퇴근이다. 이건 태양계에 지구가 하나밖에 없다는 진리와 견줄 만하다. 지구가 내일 멸망할 때 오늘 내가 해야 하는 일 역시 칼퇴다. 다른 건 몰라도 칼퇴는 반드시 해야 나무를 심든 열매를 따 먹든 뭐라도 할 수 있을 것 아닌가?

칼퇴 명령에 반대할 90년대생은 아무도 없을 거다. 설마 80년대생 낀대들은 다른 걸까? 상사의 퇴근 여부를 확인하느라 눈치를 보든지, 지구 멸망에 대비한 업무 자료 백업을 하느라 최후의 야근이라도 하려는 건 아니겠지? 헐이다 헐.

내일 지구가 멸망하는데 어째서 오늘 사과나무를 심어야 하는 걸까. 하루 만에 열매가 열리는 것도 아니고 그 열매를 어차피 내가 따 먹을 수 있는 것도 아닌데. 멸망 후의 세상과 세대를 위해 그 얼마 남지 않은 시간에 삽을 들라고? 그것이 내 버킷리스트가 아닌 누군가의 명령이라면, 그 명령을 어기지 못하고 충실히 따른다면, 그것만큼 인생 최고 최후 최악의 삽질은 없지 않을까 싶다.

칼퇴하지 못하는 억울함도 비슷하다. 온갖 스트레스 받아 가며 내일이 오지 않을 것처럼 열심히 근무한 사람에게 '퇴근 후 저녁'이란 지구 멸망 전의 하루와 같다. 그런데 그 소중한 것을 빼앗아 가다니? 다이내믹한 연봉 협상을 할 수는 없는 현실에서, 우리가 그나마 사수할 수 있는 건 칼퇴밖에 없는데. 칼퇴는 노동에 대한 존중이며 근로자에 대한 사랑인데. 그 존중과 사랑이 바탕이 돼야 업무에 대한 책임감도 생겨날 수 있는 건데. 그걸 모른다.

저녁이 없는 삶을 떠올리면 제일 먼저 생각나는 게 내 첫 회사다. 그곳은 '최초'와 '최고'를 늘 부르짖었지만, 직장인의 최초 최고의 복지인 칼퇴는 딱히 보장해 주지 않았다. 오직 그 회사만 그랬던 건 아니다. 콘텐츠 업계 전반적 분위기가 유독 그랬다. 칼퇴를 꿈꾸기라도 하면 역적 취급받는, 야근이 일종의 자부심처럼 굳어져 있는 이상한 이異세계. 워라밸의 개념이 없는 외계 행성이 바로 콘텐츠 업계다.

나 역시 그 행성의 외계인이 되길 자처한 만큼 야근에 대한 각오는 충분히 하고 있었지만 직접 겪은 야근은 내가 상상하던 것과 전혀 달랐다. 야근의 실체는 정확히 두 종류였다. 기대했던 야근과 기대하지 못했던 야근. 숨 쉴 틈 없이 바쁜 야근과 숨만 쉬고 일은 안 하는 야근. 일이 많고 피곤해도 끝나고 나면 개운한 야근과 시작과 끝 내내 찝찝한 야근. 한마디로 억울하지 않은 야근과, 억울한 야근.

좋은 야근과 나쁜 야근으로 나누고 싶진 않다. 야근에 좋은 게 어딨어. 빨리 끝낼 수 있으면 안 하는 게 제일 좋지.

1년 365일 중 360일이 야근이었고, 그중 80%는 억울한 야근이었다. 그리고 그 억울한 야근의 주도자가 박 팀장이었다. 그는 진정한 야근 마니아였다. 일의 성과보다는 근무 시간으로 얻은 찬란한 훈장을 달고 다녔다. 야근과 특근, 휴가까지 반납하고 일하는 걸 자랑스레 떠들어 대던 그는 (사실

인지는 모르겠으나) 자신이야말로 콘텐츠 업계의 진정한 노동자임을 강조했다. 하지만 그가 하는 실제 일거리는 주 20시간도 안 된다는 것이 팀원 모두의 생각이었다.

박 팀장을 상대하며 확실히 깨닫게 된 사회생활 팁 첫 번째는, 무능력한 사람보단 악한 사람을 상대하는 편이 낫다는 것이다. 악하면 욕이라도 할 수 있다. 그리고 악한 사람은 본인이 악한 걸 의외로 잘 안다. 하지만 무능력한 사람은 본인이 무능력한 걸 모른다. 욕을 해서 나무랄 수도 없다. 잘못을 알아도 인정하려 들지 않는다. 그렇게 그는 점점 더 자신을 신격화시켜 간다. 그 신의 창, 제우스의 번개 역할을 하는 게 야근이다. 그들이 자신의 우수함을 증명하는 방법은 오직 질보다 양, 성과보다 야근일 수밖에 없기 때문이다.

야근의 신과 싸우는 건 늘 인간의 패배였다. 그에게 야근이란 좋고 싫고의 개념이 아니었다. 발바닥은 땅에 붙어 있고 정수리가 하늘을 향해 있는 게 당연하듯, 박 팀장은 야근이 당연한 일상으로 만들어진 세상에 당당히 서 있었다. 그에게 칼퇴란 누군가 쿵— 쿵— 정수리로 땅을 찧으며 애써 만들어 놓은 지반을 모조리 부수는 엽기적인 파괴 행위였다. 그래서 그는 자신의 세상을 사수하기 위해 늘 이런 말을 했다.

— 정말 집에 가? 괜찮아? 내일까지 다 못 끝낼 것 같은데?

아뇨, 충분히 끝낼 수 있습니다. 제 능력이 뛰어나서 그럴 수 있다는 얘기는 아니에요. 박 팀장님 당신도 조금 전 담배 피우러 나갈 시간을 아끼고, 세 시간 전 휴게실에 가서 자다 온 한 시간을 아끼고, 출근하자마자 담배와 커피와 수다로 꽉꽉 채웠던 한 시간을 아낀다면 오늘 충분히 끝낼 수도 있을 걸요?

라는 말은 할 수 없었다. 박 팀장의 파상 공격은 이어졌다.

— 왁스로 머리 만지고 다닐 시간도 있고, 일이 널널한가 봐? 일 좀 더 줘?

아뇨, 충분히 바빠 죽겠습니다. 하지만 전 당신이 30분 지각할 그 시간에 머리를 세팅하는 것뿐입니다. 나 역시 침대에 누워 있고 싶던 소중한 30분을 아끼고 아껴 깔끔한 외모에 투자하는 것뿐이라고요. 그 30분은 내가 번 내 30분인데. 왜 당신이 그 시간을 함부로 평가하고 맘대로 활용하려고 하죠?

라는 말 또한 당연히 할 수 없었다. 심지어 나보다 어린애였는데(역시 나도 어쩔 수 없는 낀대다).

퇴사한 지금, 저녁 산책을 하면 간혹 박 팀장의 근황이 궁금해질 때가 있다. 그는 지금도 상당한 묵언 수행자들을 거느리고 있으리라 생각된다. 언젠가 여름휴가를 가려는 내게 박 팀장이 이런 말을 했던 게 생각난다. 여행지의 특산품을 기념품으로 '꼭' 사 오라는 것이었다. 그건 부탁이 아니었다. 마치 내일 지구가 멸망할지도 모르니 심어야 할 사과나무 묘목 하나만 반드시 구해 오라는 명령 같았달까? 당연히 나는 사다 주지 않았다. 그것이 내가 할 수 있는 최초이자 최고의 반항이었으니까.

아, 박 팀장을 통해 얻은 두 번째 깨달음을 빠뜨릴 뻔했다. 박 팀장, 아니 세상의 수많은 야근 마니아 중엔 집보다 회사가 편하다는 이들이 상당했다. 그래서 '가화만사성'이라는 말의 의미를 새삼 깨닫게 된 거다. 집이 행복해야 상사가 집으로 들어가서 만인이 행복해진다고.

'나'는 안 해 본 고생이 없어, 그거에 비하면 요즘 사람들은

세상 고생은 혼자 다 해 본,
83년생 '수저론 낀대' 구 매니저

○ 인간에게 주어진 가장 큰 무기는 망각이다. 망각으로 인해 나쁘고 슬픈 기억들이 흙으로 돌아간다. 좋은 기억이 싱싱한 열매라면 나쁜 기억은 썩은 열매다. 썩은 열매는 땅에 떨어져 고약한 악취를 풍긴다. 불쾌한 풍경을 만든다. 만약 그 열매들이 땅에 떨어진 채 그대로 있다면, 우린 그 누구도 가까이하지 않는 고독한 나무가 될 것이다. 하지만 망각이 그 썩은 열매 찌꺼기들을 흙으로 돌려보내 주는 덕택에, 우리는 다시 보통의 나무로 돌아간다. 다시 싱싱한 열매를 맺기 위해 애쓰고, 그것을 자랑하는 그런 보통의 나무.

그 보통을 유지하는 노력에 이전의 썩은 열매가 밑거름된 건지 안 된 건지는 모르지만(아마도 낀대들은 확실히 됐다고 강조할 테지만), 아무튼 우리는 그렇게 오늘을 살아간다. 때로 망각은 우리가 상당히 좋은 열매를 맺은 적이 있다는 사실도 잊어버리게 만든다. 그래서 우린 늘 불행하며, 더 행복해지려 노력한다. 생각하기에 따라, 이것 역시 망각의 긍정적 작용으로 볼 수도 있다. 어쨌든 행복에 가까워지려 끊임없이 노력하게 만들어 주니까.

근육에 역치가 있듯 감정에도 역치가 있다. 그래서 강한 감정은 더 강한 감정 뒤로 망각하게 된다. 기쁨의 크기는 비교하기 힘들지만 슬픔은 의외로 비교 가능한 것 역시 이 때문이다. 자기소개서 항목을 채우던 기억을 떠올려 보면, 더 기뻤던 기억을 고르는 것보다 더 슬펐던 기억을 고르는 게 훨씬 수월했다.

슬픔은 기쁨과는 달리 수직적으로 보관된다. 슬픔의 수직 배열이야말로 망각이 지도하는 최고의 열 맞춤이다. 살면서 겪었던 기쁨이 수평으로 배열되는 건 문제가 안 되지만 지난 모든 슬픔이 수평으로 배열된다는 건 상당히 골치 아픈

일이기 때문이다. 내 눈앞에 최근 가장 괴로웠던 일이 단 하나만 보이는 게 아니라, 여태 괴로웠던 일이 횡렬 종대로 쫙 서서 나를 노려본다고 상상해 보자. 어휴 무서워.

그런데 이런 수직 배열이 수평 배열로 전환되는 순간이 있다. 누군가 자신의 아픔을 꺼내어 경쟁하려 할 때다. '난 이러이러한 슬픔과 괴로움을 겪었지. 너는 어때?'라고 싸움을 거는 상대에게 응수하기 위해, 본능적으로 나의 아픈 기억들을 되새긴다. 이때 수직으로 놓여 있던 기억들이 위치를 달리하는 거다. 그래서 짜증이 난다. 자신의 아픔과 슬픔을 괜히 꺼내 드는 이에게는 본능적인 적대감이 생기는 게 당연하다. 83년생 구 매니저는 그 사실을 몰랐다.

어느 치킨집 홀 서빙 아르바이트를 하며 만난 낀대가 구 매니저였다. 배달을 전문으로 하던 치킨집에서 강남권에 처음 오픈한 홀 매장이었는데 시급이 꽤 높았다. 점주도 아르바이트생을 존중할 줄 아는 괜찮은 사람이었고 늘 붐비는 손님 탓에 매출도 높아 월급이 밀릴 일도 없었다. 손님이 많아 정신없긴 했지만 덕분에 근무 시간은 오히려 짧게 느껴졌다. 오직 구 매니저만이 단 하나의 문제였다.

그는 수저론 창시자였다. 당시엔 '흙수저' 같은 단어가 없었지만 그는 늘 자신의 삶이 진흙탕이었음을 강조했기 때문이다. 자신을 흙수저가 아닌 흙 속에 숨겨진 진주라고 생각했다면 좋았겠지만, 그는 진주보다는 수저에 익숙한 사람이었다. 구 팀장은 일주일에 두 번 정도 꼭 시비를 걸었다. 특히 청소를 열심히 하는 내 옆에 괜히 붙어선, 잘 보이지도 않는 의자 아래 연결 부분이나 매장 구석 타일 일각의 때를 트집 잡았다.

— 청소하는 게 영 어설프다. 청소 제대로 한 적 없지? 요즘 대학생들은 고생을 너무 안 하려고 한다니깐. 그렇지 않아? 나는 검정고시로 고등학교 졸업하고 바로 돈 벌기 시작했거든. 그때부터 안 해 본 일이 없지. 전단 알바 해 봤어? 노가다 안 해 봤지? 이렇게 서빙같이 편한 일만 하려 든다니까.

라는 식으로 잔소리를 해 댔다. 사실 난 그가 얘기한 알바들을 전부 다 해 봤었다. 새로 오픈한 컴퓨터 학원 전단도 돌려 봤고, 번화가 지하철역 앞에서 화장품 전단도 나눠 줘 봤다. 이삿짐센터 일일 알바를 하며 근육통과 골절상에도 시달려 봤다. 그래서 더 짜증이 났다. 그가 자신의 고통이 더 컸음을 강조할 때마다, 내가 겪은 고생이 고생이 아니게 되는 그 기분이 정말 불쾌했다.

그가 대단한 청소의 고수였고 내가 그 고수를 만족시켜 줄 만큼 청소를 못 해서 야단맞는 것이었으면 충분히 이해가 갔겠지만 그런 게 아니었다. 그는 그저 세상 모든 고생과 고통과 가난의 무게를 혼자 다 짊어진 티를 내고 싶어 했던 거다. 나는 늘 죄송하다는 말과 함께 고개를 숙였다. 90도 폴더 인사로 그를 만족시켜 줘야만 그의 입이 닫혔으니까.

차라리 그가 83년생이 아니었다면 좋았을 걸 싶었다. 세상에 이런 일이에 나올 정도의 동안을 자랑하는 5060 어르신이었다면, 책으로만 배웠던 내가 모르는 시대의 객관적인 고통을 겪었던 분이었다면, 그를 이해했을지도 모른다. 하지만 그는 나와 같은 세대의 사람이었다. 설사 그가 걸어온 길의 표면이 내가 걸어온 그것에 비해 지나치게 거칠고 가파르다고 한들, 그것이 내 나름의 고생과 고통의 농도를 희석

할 만한 것인가에 대해 수없이 생각했다.

아마도 지금 80년대 낀대들에게 고통받는 90년대생들 역시 나와 같은 질문을 던져 봤을 거다. 자기도 기껏해야 월급쟁이면서 정신력 타령을 일삼는 80년대생들, 왜 노력도 해보지 않고 미리 안 된다고 생각하느냐는 꾸짖음, 노력만 하면 다 된다면서 정작 본인은 어떤 노력을 하고 있는지 전혀 느껴지지 않는 인지 부조화. 결국 그런 이들은 다른 사람의 행복은 안중에도 없고 오직 자기 것만 챙기려는 욕심쟁이다. 행복이 안중에 없으니 고통 역시 당연히 안중에 없는 거다.

슬픔과 아픔의 크기를 비교할 수 있다지만, 그건 오직 '내 것'에 대한 한정이다. 백 원을 주운 사람이 천 원을 주운 사람의 행운과 굳이 비교해 스트레스를 받을 필요도 없고, 백 원을 잃어버린 사람이 천 원을 잃어버린 사람과 굳이 비교해 우월감을 가져서도 안 된다. 칼에 베인 상처와 멍든 상처의 아픔을 비교하는 것만큼 어리석은 일이 있을까? 아프냐. 나도 아픈데.

당시 나는 소심한 복수를 꿈꿨다. 당장이라도 아르바이트를 그만두고 손님으로 매장을 방문해 매니저에게 컴플레인을 잔뜩 걸고 싶었던 거다. 하지만 아르바이트를 그만두자마자 그 생각은 온데간데없이 사라졌다. 사회생활 속 더 큰 고통 앞에서 그때의 고통은 잊혀 버렸기 때문이다. 역시 망각은 최고의 무기가 아닐 수 없다.

'다'리 좀 제대로 하면 안 돼요? 사무실에서 책상다리라니

회사의 살아 있는 CCTV, 85년생 '감시 낀대' 곽 차장

○ 사람의 눈이 두 개인 이유는 뭘까. 두 개의 눈으론 각각 무얼 봐야 하는 걸까. 한쪽 눈으로는 좋은 걸 보고 다른 한쪽으로는 나쁜 걸 보면 되는 걸까? 아니면 한쪽으론 나를 보고 다른 한쪽으론 남을 보는 법을 길러야 하는 걸까. 그 옛날 '사랑과 전쟁'에서, 국민 부부 해결사 신구 선생님이 하신 말씀이 생각난다. 가끔은 한쪽 눈을 감고 사는 게 더 편하고 덜 피로해진다고.

맞다. 모든 걸 굳이 다 보고 애써 담으려 할 필요는 없다. 눈은 두 개지만 입은 하나다. 우린 눈으로 담는 것들을 입으로 흘려보낸다. 그러니 눈으로 담는 속도와 입으로 토해 내는 속도를 맞춰야 한다. 눈 두 개로 세상 모든 걸 담으려다가는 입이 그 속도를 못 따라잡는다. 그렇게 되면 말실수할 확률도 높아진다. 여러모로 좋지 않다는 거다.

85년생 곽 차장의 눈은 달랐다. 크리스마스 소원은 아마도 이거였을 거다. 제게 전지전능한 빅 브라더의 눈 몇 개를 더 달아 주세요. 그는 늘 두 눈을 부릅뜨고 회사 생활을 했다. 정말로 눈이 늘 충혈되어 있기도 했다. 곽 차장은 내가 직접 만나 겪은 사람은 아니지만 호텔 업계에 근무하는 친한 후배의 상사였다. 그 후배와 술자리를 가질 때면 빠짐없이 등장하는 인물이었는데, 1년 정도 후배를 통해 얘길 듣다 보니 길에서 우연히 마주치기라도 하면 인사를 해야 할 것 같았다. 적어도 별로 친하지 않던 대학 동기보다는 더 반갑게 인사를 할 수 있을 것 같은 기분이 드는 그런 연예인 같은 사람.

그는 꽤 일찍 취업에 성공했고, 능력도 있었다. 과장이란 직함을 다는 데 막힐 것 없이 승승장구했다고 한다. 키는 180cm 정도의 호리호리한 체구에 날카로운 눈매, 자기 관리를 게을리하지 않음이 티가 나는 몸매, 잘생기진 않았으나 늘 단정한 옷차림과 향수로 깔끔한 이미지를 풍겨 제법 인기도 좋다고 했다. 오직 그를 제대로 알지 못하는 신입 사원들에게만.

— 형. 곽 차장은 엄청 무서운 사람이에요.

— 왜?

— 왜 그런 곳 있죠. 되게 안 깊을 것 같은 바다.

— 그 사람 속이 안 깊어? 알고 보면 가벼워?

— 아뇨. 완전 반대. 안 깊은 줄 알고 들어갔는데, 사실은 깊어서 죽는 바다.

후배는 마치 어느 스릴러 영화 속 피해자처럼 말을 이었다. 어디에서라도 당장 서슬 퍼런 낫을 든 범인이 확— 덮칠 것만 같은 두려운 시선으로. 좌우 앞뒤 구석구석을 빼곡없이 스캔하고선.

— 그런 바다에는 그냥 겁도 없이 첨벙첨벙 들어가잖아요? 편하게 걸어가다 엄청 깊게 팬 구덩이에 발이 쑥 하고 들어

가서. 완전 허우적대고 물 엄청 먹고 결국엔 끽.

대체 곽 차장의 구덩이가 어떤 구덩이길래 사람이 죽을 정도냐고 묻자, 후배는 다시 한번 주변 눈치를 보며 대답했다.

—곽 차장 별명이 뭔 줄 알아요? CCTV예요 CCTV. 동서남북 네 방향도 아니고 거의 16방향에 설치된 CCTV. 24시간 녹화에 걸어 다니기까지 하는. 어우 무서워.

곽 차장은 동료 사원의 행동을 일일이 감시하고 간섭하여 트집을 잡는 CCTV형 낀대였다. 팀장급 직책을 맡은 바, 업무 성과에 대한 잔소리는 거의 없었다. 대신 업무 외 직장 생활 태도에 대한 지적이 심했다. 책상의 정리 정돈 상태, 서랍 속 물품의 종류, 옷차림, 말투, 심지어 화장실을 가느라 자리를 비우는 시간까지. 수험생 부모님도 하지 않을 간섭을 하는 상급자였다. 그중 최고는 책상에 앉아 있는 자세에 대한 지적이었다. 사무실에서 책상다리를 하고 앉아 있는 사원들이 꽤 있는데, 그는 그런 사원들에게 어김없이 잔소리를 해댔다. 여기가 거실이고 그 의자가 소파냐며. 어떻게 사무실에서 내 집처럼 책상다리를 하고 업무를 볼 수 있냐고 나무랐다.

책상다리 자세가 척추와 골반에 좋지 않으니 건강을 위해 삼가라는 조언의 형태라고 해도 기분이 나쁠 건데, 어른이 아이를 야단치듯 잔소리해 대니 후배들의 불만은 하늘을 찌를 듯 높아져만 갔다. 후배들 역시 곽 차장의 흠을 잡기 위해 신경을 곤두세웠다. 그렇게 그 팀의 사무실은 CCTV들끼리의 전쟁이 벌어졌다. 회사와 업무의 품격을 위해 발바닥을 보이지 않게 하라는 곽 차장의 일화를 들으니 이 말부터 생각났다. 안 본 눈 삽니다. 사서 곽 차장에게 이식 좀 하게.

한쪽 눈을 감고 한 발로 서 있으면 중심을 잡기 힘들다. 하지만 두 발로 서 있기만 하다면 한쪽 눈을 감든 말든 큰 영향을 주지 않는다. 아마도 곽 차장, 그리고 곽 차장과 비슷한 80년대 낀대들은 한 발로 서 있던 경험을 많이 했으리라. 그래서 두 눈을 늘 부릅뜨고 살아야 한다는, 남들이 신경 쓰지 않는 부분까지 반드시 신경 쓰고 살아야 한다는 강박에 사로잡혀 사는 건지도 모르겠다.

아이러니하게도, 곽 차장은 사내 탕비실 CCTV의 철거와 함께 회사에서 잘렸다고 한다. 곽 차장과 비슷한 나이대의 80년대생들은 그저 묵묵히 곽 차장의 시선을 견뎠으나 90년대생 신세대 사원들은 그렇지 않았다. 그 역시 완벽한 사람이 아니었으므로 문제가 될 만한 행동들이 많았고, 신입 사원 여섯 명은 12개의 눈을 이용해 곽 차장의 문제점을 낱낱이 고발했다. 곽 차장의 눈싸움이 곽 차장 자신에게 향했다면 어땠을까. 고작 두 개의 눈으로 다수의 타인을 보려고 하지 말고, 그저 거울 속의 한 사람만 잘 관찰했다면 좋았을 텐데.

'라'면 끓일 땐 스프를 먼저 넣어야 진리지

당신이 만든 법칙은 당신만 지키면 안 될까요?

82년생 '진리 낀대' 황 대표

○ 취향은 개인의 것이다. 취향은 진리가 될 수 없다. 그건 지나가던 원숭이도 안다.

두리안 먹방을 하는 오랑우탄 움짤을 본 적 있다. 영상 속 오랑우탄은, 두리안을 받자마자 냄새를 맡더니, 바닥에 처박고 쟁반으로 때리며 그 악취를 온몸으로 거부하는 티를 냈다.

오랑우탄에게도 취향이라는 게 있고, 그것을 강요했다가는 동물 학대로 잡혀가는 세상이다. 하물며 사람에게 취향 강요라니. 그 오만과 편견을 눈감고 놔두기엔, 우리 을들에게 꽤 많은 무기가 생겨 버렸다. SNS 및 각종 커뮤니티상의 게시판이라는 강력한 무기가.

퇴사 후 잠깐 몸담았던 사진 스튜디오의 황 대표는 자신의 취향이 확고한 인물이었다. 사진을 하는 사람이니 이해는 했다. 자신의 스타일이 있다는 게 문제 되진 않았으나, 문제는 강요였다. 그는 자신의 취향이 곧 세상의 진리인 사람이었다. 예술가 특유의 고집이라고 좋게 해석을 하려고 해도 쉽지 않았다. 아니, 사진 찍는 법이 아닌 라면을 끓이는 법을 그렇게까지 가르칠 필요는 없잖아?

— 라면은 무조건 스프를 먼저 넣어야 해요. 생각해 보세요. 국물을 충분히 우려낸 다음에 면발을 넣는 게 더 진한 맛이 난다고 생각하지 않나요?

스튜디오 탕비실엔 하필 버너와 라면이 구비돼 있었다. 밤샘 작업 시 언제든 라면을 끓여 먹을 수 있게 해 놓은 나름의 배려(?)였다. 하지만 그와 함께 야식을 먹는 건 곪는 것만 못했다. 사진을 제법 잘 찍는 그에게 기대했던 사진 예술에 대한 담화는 없고, 오직 라면에 관한 얘기가 대부분이었다. 면발의 꼬들꼬들함과 두 명이 함께 먹을 때의 적정량. 그리고 브랜드별 맛의 차이까지. 참지 못한 내가 물었다. 혹시, 식품

업계 종사하셨어요?

이 정도면 귀여운 낀대 아니냐고 할 수 있다. 하지만 이런 종류의 낀대짓을 당해 보지 않은 사람은 모른다. 식사는 우리 삶의 삼 분의 일을 차지할 만큼 중요한 것이기 때문이다. 근무 시간에서 꽤 중요한 영역을 차지하는 식사 시간마다 상사의 취향 타령을 들어야 하는 피로함. 그 '귀여운'이라는 수식어 때문에 차마 대놓고 싫어하거나 화를 낼 수도 없는 먹먹함을 당해 보지 않은 사람은 모른다.

황 대표의 취향 타령을 들을 때마다 언젠가의 동짓날 급식이 생각났다. 난 팥죽을 싫어했고 급식이란 본디 알아서 음식을 버릴 수 있는 자유가 있는 것이었음에도, 당시 선생님께선 그날만큼은 음식을 버리지 않을 것을 강요했다. 그렇게 억지로 팥죽과 새알을 한 그릇 먹었다. 난팥죽은 먹을 수 있으니 설탕이라도 좀 주면 안 되냐는 내게, 동짓날 단팥죽이 아닌 팥죽을 먹어야 하는 이유를 설명하던 선생님의 목소리가 아직도 생각난다. 그러고 보면 황 대표와 목소리 톤도 비슷했다.

동짓날 팥죽을 끓여 먹는 풍속은 중국의 풍습에서 전해 내려온 것으로 여겨져. 공공씨共工氏의 자식이 동짓날에 죽어 역귀疫鬼가 되었거든. 동짓날 그가 생전에 싫어하던 붉은 팥으로 죽을 쑤어 역귀를 쫓았던 중국의 풍습이 있었지. 한국에 전래된 시기는 알 수 없지만, 『목은집』·『익재집』 등에 동짓날 팥죽을 먹는 내용의 시가 있는 것으로 미루어 보면 고려 시대에는 이미 정착되었음을 알 수 있지.

팥죽을 먹여 사랑하는 제자에게 들러붙을지도 모를 악귀를 쫓고 싶었던 선생님의 사랑은 이해한다. 그 사랑을 온전히 받아들일 수는 없대도 충분히 이해할 수 있다. 그런데 대체 왜 설탕은 안 된다고 하신 건진 지금도 의문이다. 팥죽의 기원 어디에도 '단'팥죽을 먹으면 안 된다는 부분은 찾을 수 없는데.

세상엔 의외로 선생님, 아니 황 대표와 같은 낀대들이 많다. 같은 과 선배 한 명도 그랬다. 과방에서 다 같이 피자를 시키면, 피자 박스를 열자마자 타바스코 소스를 사방으로 뿌려 대는 것이 아닌가. 피자는 역시 타바스코 소스를 뿌려 먹는 게 진리라며. 선배는 중국집에 가서도 일관적인 모습을 보였다. 찍먹파가 들으면 노발대발할 바로 그 행동을 했다. 탕수육에 소스 붓기. 배스킨라빈스에서 아이스크림을 사 먹을 때도 그랬다. 민초파가 들으면 노할 바로 그 행동을 일삼았다. 그린티 돈 주고 먹기. 그러고 보면 그 선배는 황 대표와 옷 입는 스타일도 거의 일치한다.

취향을 강요하는 낀대의 특징이 있다. 자신만의 개똥철학을 남에게 늘어놓는 걸 좋아한다. 그리고 별거 아닌 일에 혼자 의미 부여를 잘한다. 자기 생각이 절대 법이자 우주 진리라고 생각하는 경우가 많다. 고립된 방을 만들어 거기 틀어박혀선 스스로를 가둔다. 그런데 이들의 진짜 문제는 아집이 아닌 '물들이기'에 있다. 그 방에 타인까지 끌어들여 가두려 하는 거다. 자신의 눈과 귀를 막고 사는 건 자유라지만, 타인에게까지 그 속박을 강요하며 자신의 색을 눌들이려는 건 폭력인 것도 모른 채.

그들은 사실 어둡고 먹먹한 고독이 싫다. 소외되는 것이 두려워 편 가르기에 급급한 거다. 자신의 취향을 강요하며 내 편을 만들어야 안심하는 외로운 사람들. 공존은 어렵고

소외는 무서워하는, 자신이 괴로운 게 싫어 타인의 괴로움은 외면하는, 안타깝지만 미운 사람들.

그들에게는 미안한 말이지만, 그런 낀대를 만나면 어느 정도 거리를 유지하는 게 좋다. 업무가 아닌 취향을 소재로 대화를 거는 모습을 보며 '어? 대화하기 편한 사람이네?'라는 생각으로 대화를 적극적으로 받아 줬다가는, 그의 취향을 모두 받아들여 줘야만 하는 늪에 빠져 버리게 된다.

단맛도 없는 그 퍽퍽한 팥죽 같은 늪에서 혹여 빠져나가기라도 한다면, 그런 당신을 본 낀대는 100% 삐치게 돼 있다. 그는 마음의 문을 열어 줬고, 자신의 영역을 허락해 줬고, 그렇게 스스로 쿨—하게 드러냈다고 생각한다. 그러니 그 내려놓음에 도망으로 응수하는 당신에게 화를 낼 수밖에 없다. 나는 평생 시행착오를 겪어 가며 알아낸 진리를 당신에게 공유했는데 어떻게 그걸 거부하고 떠나려 드는 거냐며 감정적인 상처를 입는다. 그렇게 예민하고 서투른 그들에겐, 자신의 취향을 주입하는 것만이 타인과 유일하게 친해지는 방법이다.

'취향'이라는 단어의 사전적 정의는 '하고 싶은 마음이 생기는 방향. 또는 그런 경향.'이다. 우리는 그 방향과 경향이 늘 1인용이라는 걸 명심해야 한다. 누군가의 취향을 자신의 고집이나 판단으로 왜곡하는 것 또한 일종의 폭력이니까. 그것을 진리로 포장하면 더더욱.

'마'주칠 때마다 인사를 하는 게 예의 아닐까?

당신의 허리뼈가 남아나지 않을,
88년생 '인사 낀대' 그녀

○ 관심은 좋지만, 집착은 무섭다. 미식은 좋지만, 편식은 별로다. 과식은 다이어트뿐 아니라 건강의 적이다. 아무리 근육 성장에 좋은 단백질이라도 3시간 이내에 섭취할 수 있는 양은 정해져 있다. 그 이상 먹으면 똥으로 나온다. 역시 과함은 모자람만 못하다.

인사도 마찬가지다. 인사는 상대를 존중하는 최소한의 예의다. 식당에서 식사를 마친 뒤 서비스를 제공해 준 식당 직원들에게, 혹은 택시 기사님에게 기분 좋은 인사를 건네는 사람을 보면 예의 바른 사람이란 생각이 든다. 그러니 인사만큼은 아무리 과해도 나쁠 리 없는 다다익선일 것 같지만 그렇지 않다. 과하면 독이 되지 않는 건 없다.

여자 후배 B는 취업하자마자 지방에 있는 지사에 발령을 받아 내려갔다. 경제 관념이 투철했던 B는 굳이 자취하지 않고 회사에서 제공하는 기숙사에 살기로 했다. 1인 1실이 아니라는 사실이 좀 찝찝하긴 했지만, 대학 시절에도 3인 1실 기숙사 생활을 하며 타인과의 생활에 단련이 돼 있던 B는 호기롭게 기숙사 생활을 시작했다.

하지만 이내, B는 모아 두던 적금을 깨고 원룸으로 이사를 하기 이른다. B와 겨우 한 살 차이밖에 나지 않았으나 6개월 먼저 입사한, 직급이 같았던 88년생 동기 낀대 때문이었다. 그 낀대는 일명 인사 낀대라고 불렸는데, 그렇게 상급자에게 큰소리로 인사를 하며 자신의 예의 바름(?)을 자랑하는 게 특징이었기 때문이다.

그 행동도 충분히 부담스럽긴 한데, 문제는 그 행동을 B에게 강요하는 것이었다. B도 충분히 예의를 지키며 회사 생활을 하고 있었건만, 상급자와 눈이 마주칠 때마다 일어나서 90도 인사를 해야 한다는 게 낀대의 강요였다. 책상에서 근무하다가도, 화장실에서 마주치더라도, 외부 식당에서 식사하다가도 언제든 일어나서 인사를 하라는 그 낀대의 얘기를 들으며 나는 농담을 던졌다.

— 혹시 개, 빨간 모자 갖고 있지 않아? 해병대 248기 뭐 이런 자수 박힌.
— 오빠. 저 장난 아니에요. 진짜 심각했다니까요.

B는 내게 그 낀대에게 당한 것들을 정리한 장문의 문자를 보냈다. 그걸 수정하기보다 그대로 공개하는 게 좀 더 현장감을 높일 것 같다.

1. 회사에서도 훈계. 기숙사에 와서도 훈계함. 기숙사에 와도 쉬는 게 쉬는 게 아님. 겨우 6개월 먼저 입사해 놓고.
2. '힘들어요?'라 먼저 물어 놓고선 힘들다 대답하면 그건 네 잘못이라고 가르침. 거기다 그건 힘든 게 아니고 나 때는 더 힘들었다며 30분 이상 잔소리 시전.
3. 그래서 '힘들어요?'라 물을 때 그냥 '왜요?'라고 대답했더니, 그렇게 질문하며 토를 단다고 나무람. 결국 그것을 시작으로 자기가 하고 싶었던 잔소리를 늘어놓음.

4. 다이어트 때문에 늘 예민함. 그 예민함을 나에게 풂.
5. 똑같은 질문을 해도 97% 신경질적으로 대답하고 3% 친절하게 알려 주는 게 그녀의 화법인데, 그래서 그녀에게 물어보지 않고 다른 사람에게 물어볼 시 왜 자기한테 안 물어보냐고 화를 냄.
6. 본인은 늘 사회생활을 중간은 한다는 자부심에 차 있음. 그리고 나보고는 사회생활을 정말 못한다고 함. 연인에게도 당하지 않던 가스라이팅을 그녀에게 당함.
7. 나이를 먹으면 입은 닫고 지갑을 열라는 말이 있는데, 상당한 짠순이임. 그러면서 상사의 권력을 이용해 내 돈을 아깝지 않게 생각함.
8. 아무래도 듣는 귀가 먹은 듯. 상사가 하는 말은 꼭 잊어버려서 혼남. 그러면서 내가 지 말을 기억 못 할 땐 엄청나게 화를 냄. 우리 엄마인 줄.
— 이건 그녀의 말을 한 귀로 듣고 한 귀로 흘리고 싶은 내 본능에 의한 잘못일지 모르니 그녀만의 잘못이 아닌 거로.
9. 일하는 걸 보면 참 게으른데, 상사가 나타나기만 하면 그렇게 재빠를 수가 없음. 마치 바퀴벌레 같음.
10. 바퀴벌레가 날아다니는 것 본 적 있는지? 상사들 있는

자리에서 일부러 더 큰소리로 "뒷정리 좀 해요!"라고 고함을 지를 때 딱 그 소름 끼치는 기분임.

11. 기숙사의 일반 쓰레기 분리수거는 전부 내가 함. 종량제 봉투와 휴지 등 생필품도 전부 내 돈으로 사는데 그렇다고 분리수거를 도와준 적도 없음.
12. 당연히, 청소도 나만 함. 밤마다 야식을 시켜 먹고 그 야식을 다음 날에 돌려 먹느라 전자레인지에 음식 악취로 가득한데, 한 번도 청소하는 걸 본 적이 없음.
13. 에어컨 필터 및 주방 후드 청소, 기름때 잔뜩 낀 프라이팬 청소. 냉동실에 10cm씩 낀 성에를 드라이기로 다 떼어 내며 내가 청소업체 직원이 아닌가 생각함.
14. 음식을 냉장고에 넣어 놓고 잘 까먹음. 당연히, 청소는 내 몫. 언젠가 유통기한 지난 음식을 20L나 내가 버림. 하지만 고마운 내색 절대 안 함.
15. 그러면서 우리 둘이 제일 친해져야 한다는 걸 강조. 그런데 회사에선 늘 나한테 온종일 비아냥대고 깔보기 일쑤. 업무 능력을 무시하는 것도 당연. 회사에서 감정이랑 표정을 잘 숨겨야 한다고 말하면서……. 이하 생략. 짐작할 거로 생각함.

꼰대 중 가장 답이 없는 꼰대는 자신의 하는 꼰대 짓에 집착하는 꼰대다. 집착의 무서움은 과몰입이기 때문이다. 과몰입은 주변을 보지 못하게 한다. 자신의 꼰대 짓에 어떠한 가치 판단을 내리지 못하고 한없이 직진만 할 뿐이다. 특히, 인사와 같이 보편적인 가치상 긍정적인 행동일 경우 더욱더 그렇다. 본인은 예의와 정의와 도덕을 수행하는 영웅이므로, 악당을 처치하느라 부수는 건물의 피해는 생각하지 못하는 것이다.

B의 이야기를 들으며 지옥 같던 내무반 생활이 떠올라 버렸다. 훈련소의 빡빡한 육체 훈련보다 힘들었던 게 내무반 생활이란 건 군필자들이라면 전부 공감하지 않을까 싶다. 그중 가장 악독한 상경(경찰이었기에 이경-일경-상경-수경의 계급이다)이 한 명 있었는데, 그에게 처음 얼차려를 받았던 이유는 이것이었다. 김을 밥에 싸 먹어서.

밥을 한입 먹고 김을 먹어야지 왜 밥에 김을 얹어 한입에 넣느냐며 온갖 욕설을 퍼붓던 그 상경은 지금쯤 뭐 하고 있을지. 나보다 어린 동생이었는데, 밥은 잘 먹고 다니는지 김갑생 할머니 김 한 상자라도 보내 주고 싶다. 그래. 그것도 나라를 지키는 데 꼭 필요한 군기였겠지. 전쟁이 났는데 밥에 김을 싸 먹느라 늦게 출동하면 안 되니까. 응? 그런데 그게 더 빠르게 출동하는 방법 아닌가?

'바'지보단 치마를 입는 게 여사원의 기본 아닌가?

"남자가 말이야 여자가 말이야" 말끝마다 성차별
82년생 '차별 낀대' 양 학주

○ 의衣, 식食, 주宙. 옷과 음식과 집은 인간 생활의 기본 요소다. 기본 요소라는 건 즉, 지극히 개인적인 요소임을 뜻한다. 개인에 의해 결정되고 개인이 책임져야 할, 그 누구도 간섭할 수 없는 개인의 고유한 영역이다.

그래서 식습관이나 옷차림, 자가의 유무 및 집 내부 인테리어 등에 지나치게 왈가왈부하는 사람을 만나면 그저 불편하기만 하다. 정보를 알려 주기 위함이라 해도 그럴 텐데 간섭이라면 오죽할까. 마침 직장 생활 시 옷차림에 대해 사사건건 간섭하는 82년생 낀대 양 팀장에 대한 제보가 들어왔다. 심지어 그는 이런 말 습관까지 있단다. '여자가 말이야

바지보단 치마를 입을 줄 알아야지.', '남자가 말이야 그 정도 짐은 제대로 들어야지.'.

그의 성차별적 발언을 얘기하자면 한도 끝도 없다. 굳이 불쾌한 얘기를 길게 할 필요 없이, 상정 가능한 최악의 입을 생각하면 된다는 것으로 그 설명을 대신 하겠다. 그가 다른 낀대들과 특별히 차별화되는 특징은 사람의 '옷차림'에 유독 간섭을 한다는 거다. TPO를 지켜야 한다는 말을 시작으로 엄격하게 복장을 지적하는 일이 빈번하다고 했다. 그래서 학주라는 별명이 붙었단다. 일명 양 학주.

양 학주의 직업은 비서다. 그녀는 바지 정장만을 입고 다니는 비서 후배들을 하루가 멀다 하고 나무랐다. 그녀나 그녀의 후배들이나 '여자 비서는 치마를 입어야 해'라는 잘못된 시스템의 피해자임이 분명했지만, 그녀의 행동은 참 의아해 할 만한 것이었다. 본인만 치마를 입고 다니는 게 불만이라면, 스스로 치마를 벗으면 될 게 아닌가. 심지어 상급자의 위치인데.

—치마 불편한 거 누가 몰라? 나도 바지 편하거든? 근데 난 맨날 치마 입고 다니잖아. 난 뭐 입고 싶어 그거 입는 줄 아

니? 요즘 애들은 왜 그런 불편함조차 못 견딜까. 거기다 뭐? 밴드 슬랙스? 바지를 입을 거면 정장 바지라도 입든가. 뭔 추리닝도 아니고, 고무줄 바지를 입고 회사에 출근하는 게 말이 돼? 그 바지엔 구두가 안 어울리니 스니커즈를 신는다고? 하……. 결국 그렇게 한 명 한 명 개인 사정 다 봐주다 보면 회사 기강이 해이해지는 거야. 지킬 건 지켜야지.

그녀는 치마가 아닌 바지를 입는다는 이유로 기강이 해이해질 거라 믿는다. 아무런 논리가 없다. 소위 얘기하는 무지성의 불도저다. 비단 옷차림에서뿐만이 아니다. 탕비실에서 수다를 떠는 몇 명의 게으른 90년대생들을 보며 '요즘 젊은 세대들은 일을 안 해.'라는 식으로 전체를 싸잡아 평가해 버리는 80년대 낀대들이 회사에 꽤 있다. 그런 잔소리를 하고 꼬투리 잡느라 촉각을 곤두세우는 낀대보다, 적당히 회사를 즐기기도 하며 일하는 90년대생들이 몇 배는 성과가 좋음에도 그 사실을 인정하려 들지 않는다.

하고 싶은 대로 한다는 건 규칙을 어기겠다는 얘기가 아니다. 잘못된 규칙을 지키느라 시간과 에너지를 낭비하지 않고, 타인의 눈치를 보는 데 쏟는 힘을 업무에 집중하겠다는 얘기다. 물론 아닌 사람도 있겠지만, 일부의 잘못을 전체 집단의 오류라고 이야기하는 일반화는 분명히 지양해야 할 상급자의 자세다.

그녀는 본인도 모르는 약에 취해 있을지도 모른다. '그 어려운 걸 내가 매일 해낸다.'라는 마약이다. 그 문장은 사용하기에 따라 다이어트에 유용한 햄프 시드가 될 수 있음에도, 그녀는 그 문장을 잘못 활용하고 있는 거다. 마약 대신 '만약'이라는 약을 좀 먹어 보는 건 어떨까 싶다. '만약 내가 치마 대신 바지를 입는다고 한들 기강이 그렇게 해이해지려나?'와 같은 한 번도 해 보지 않은 명제를 자신에게 던져 보는 거다. 후배들에게 돌을 던질 시간에.

'사'귀는 사람 있어요? 결혼은 언제 하려고?

끝내주는 사생활 간섭,

88년생 '노빠꾸 낀대' 오 주임

○ 걷는 나쁜 상사보다 뛰는 무능력한 상사가 힘들다. 능력도 없으면서 열심히 뛰기만 하는 그들을, 고문관이라 부른다. 혼자서 뛰는 건 문제가 아니지만 타인에게 함께 뛰길 강요해서 문제다. 심지어 자신의 그 어설프고 어긋난 방식을 강요까지 하면서.

그런 고문관 위에 있는 회사 생활의 끝판 대상이 있다. '친한 척하는 상사'다. 동서남북 지하옥상 어디든 가리지 않고 날아다니며 오지랖을 부리는 사람들이다. 사방에 떨어진 깃털 정리는 고스란히 동료나 후임 몫인 줄도 모르고 호사가임을 자처한다. 그들을 회사의 '날라리'라 부른다. '날'이면

날마다, '나'대는, '이'상한 인간들.

사람은 관계를 맺으며 살아가야 한다는 진리가 있지만, 요즘 시대에 이 진리를 강요하다가는 되려 진상이 된다. 관계의 홍수에 떠밀려 구정물 좀 벅어 본 사람들은 차라리 메마른 가뭄을 택하기 때문이다.

대체로 90년대생들이 이런 선택을 한다. 80년대생들은 관계를 선택할 자유가 없었다. 우리에게 관계란 곧 예절과 수직적 위계질서로 점철된 굳건한 시스템이었다. 하지만 90년대생들에게 관계의 의미는 다르다. 그들에게 관계 맺기는 필수가 아닌 선택이고 의무가 아닌 자유다. 예절 대신 매너가, 수직보단 수평이 자리 잡았다.

세대 별로 익숙한 SNS의 성격도 마찬가지다. 80년대생들이 열광했던 프리챌, 다모임, 싸이월드는 사회 관계망 서비스라고 굳이 부르진 않았다. 90년대생들의 플랫폼인 페이스북, 인스타그램, 트위터 등은 80년대생들의 그것과는 달리 SNS(사회 관계망 서비스)라고 불린다. 그만큼 관계 맺기에 익숙한 세대, 그래서 관계 맺기에 질린 세대가 바로 90년대생들이다.

나의 SNS 계정을 다수가 팔로우 하는 게 싫어 비공개 계정으로 전환하고, 피드에 박제되는 게시글보단 하루가 지나면 사라지는 휘발성 스토리를 선호하는 게 90년대생들이다. 팔로워가 많은 것보단 적은 사람이 훨씬 쿨하고 멋져 보이는 건 어쩔 수 없다. 이런 세상임에도 회사는 여전하다. 관계 맺기를 철저한 의무의 영역에 포함시켜 여전히 불만을 야기한다. 왜 상사와 SNS 친구를 맺지 않느냐며, 회사의 신제품 홍보글을 왜 타임라인에 게시하지 않느냐 나무라며 개인의 사생활까지 '회며들게(회사가 스며들게)' 만든다.

88년생 낀대 오 주임은 그 거북스러운 '회며듦'의 근원이다. 오주임의 다이어리는 마치 '매직 아이' 같은데, 30cm 정도 떨어진 거리에서 대충 보면 개인 스케줄이 엄청나게 많은 바쁜 사람처럼 뭔지 모를 글씨들로 가득 차 있다. 그런데 좀 더 다가가 5cm 정도의 거리에서 살펴보면 비로소 그 빼곡한 글씨의 진면목이 드러난다. 그것의 정체는 주변 지인은 물론 회사 구성원들의 경조사 표시다. 그의 정체는 뭘까. 설마 회사 인사팀의 암행 요원은 아니겠지?

회사 내 경조사 게시판을 수기로 옮겨 놓은 것 같은 그 다이어리가 오 주임의 보물 1호라면 보물 2호는 5,000명 가까이 저장돼 있는 휴대폰은 보물 2호다. 오 주임의 손과 오 주임의 휴대폰은 거의 물아일체의 경지를 이룰 정도인데, 그 어떤 순간에도 휴내폰을 손에서 놓지 않는다. 전화 통화를 길게 하는 것도 아닌데 대체 무얼 하는지 궁금했다. PC 카톡도 있을 건데, 오 주임은 여전히 생일 축하만큼은 문자를 고집한다. 누군가 그것에 대한 질문이라도 하면, 아날로그 감성으로 축하를 해 주는 게 만족도가 높다는 일장 연설을 늘어놓기 시작한다.

문제는 그의 오지랖이 경조사에서 끝내지 않는다는 사실이다. 인사팀 암행 사원에 이은 그의 또 다른 영혼은 중매쟁이가 아닌가 싶을 정도로, 소개팅 주선을 과하게 좋아한다. 요즘 부캐들이 열풍인데, 오 주임은 아마도 부캐 활용의 시조새가 아닐까 싶다. 회사 생활만으로도 지치는 몸에 그렇게나 다양한 영혼들을 품고 산다니.

디테일력은 또 얼마나 만렙인지! 그의 호의를 거절하지

못해 '좋은 사람 있으면 언제든 환영이죠^^'라는 식으로 답장이라도 보내 놓으면, 그때부터 결혼 정보 회사 매니저 수준의 호구 조사가 시작된다. 점심시간에 즐겨 먹는 메뉴부터 시작해서 퇴근길 집에 가는 방법까지 물어 댄다. 깜짝 놀랐다. 물론 점심시간의 주메뉴는 그 사람의 음식 취향을 아는 방법이고, 퇴근길 자차 여부 또한 소개팅에 중요한 요소가 될 수 있다. 그런데 그걸 내가 너한테 왜. 굳이?

그의 말은 일리가 있다. 그의 정성이 진심이란 것도 안다. 문제는, 그걸 '그'가 한다는 거다. 우린 아무도 그와 친해지고 싶지 않지만 그는 사력을 다해 사적인 유대감을 형성하려 한다. 그게 문제다. 그래서 짠하다.

무엇이 그를 바쁘게, 아니 바빠지고 싶게 만드는 걸까. 일만으로 인정받기도 쉽지 않은 회사에서, 어째서 인정받을 수 있는 가능한 모든 걸 다 신경 쓰는 걸까. 일을 너무 못해서? 그건 아니다. 보통은 한다. 시간이 남아돌아서? 그런 거 같기도 하고.

가끔 보면 이 사람은 대단하단 생각이 든다. 신입 사원이

들어오면 동의도 구하지 않고 전화번호를 입력해 카톡을 보내는 일이 부지기수다. 그 사람에게 절대적으로 악의가 없단 건 알기에 그 행위를 심하게 나무랄 수도 없다.

'사람은 사회적 동물'이라는 말의 참 거짓 여부를 따지는 건 일단 그만하자. 시간 낭비다. 그러니 친하게 지내기 싫은데 과하게 친한 척하는 상사야말로 불편함의 끝판왕이다.

시대가 변해도 관계의 중요성은 변하지 않는다고 생각하는 사람들이 여전히 많다. 이들은 관계를 등한시하는 생각 때문에 갈수록 세상이 메마르는 거라며 호통을 친다. 하지만, 그들 편에 섰다간 꼰대 취급받기 십상이다.

확실히 세상은 바뀌었다. 어떤 남성에게 '당신의 첫사랑은 누구입니까?'라는 질문을 했을 때 그 첫사랑이 반드시 여성이란 고정관념을 깨야 한다는 얘기도 등장하는 세상 아닌가. 관계를 굳이 맺으며 살아가야 참된 인간이며 그것이 인간이 동물과 다른 특징이라는 정의는 고리타분해진 지 오래다. 관계를 거절하고 홀로되길 자처하는 게 인간의 특징이라는 말이 차라리 요즘과 어울리지 않을까? 우리가 흔히 얘기하는 워라밸(워크 앤 라이프 밸런스)이란, 비단 일과 생활의 절대적 시간의 밸런스만 뜻하는 게 아니다. 상사는 일할 때만 마주치고 싶고, 내 라이프 사이클엔 관여하지 않아 주길 바라는 말이다.

'아', 사장님 간밤에 잘 주무셨습니까? 꿈에 사장님이 나오셔서요

상사 뒤 닦기 전문, 80년생 '빨판 낀대' 양 계장

○ 수학엔 리만가설이라는 문제가 있다. 1900년 힐베르트에 의해 제시된 23개의 난제에 포함된 문제인데, 120년이 지난 현재엔 이 가운데 12문제가 답을 찾았거나 부분적으로 해결되었다. 리만가설은 밀레니엄 난제 7문제에도 포함되어 있다. 글을 쓸 때도 이 리만가설과 같은 난제가 있다. 단어의 발견과 선택이다. 의미도 좋고 운율도 좋으며 심상까지 갖춘 좋은 단어를 찾아 문장을 완성하는 일은, 난제 수준이 아니다. 세상을 창조하기만큼이나 까다로운 일이다.

특정 구어를 표현하는 데 있어 그에 대응하는 문어를 찾지 못할 때가 더욱더 그렇다. 이건 창조에 앞서 앞엣것을 완전히 갈아엎고 그것의 좋은 것만 남긴 채 더 나은 걸 만들어야 하기 때문이다. 최근 드라마 대본을 쓰다 주인공이 '부랄친구'라는 대사를 반드시 해야만 하는 장면이 있었는데, 이걸 방송에서 하기엔 삐― 처리할 수밖에 없어 그에 대응하는 단어를 찾느라 진땀을 뺐다.

여주인공 : 야, 걔 내 부랄친구거든?
여주인공 : 야, 걔 내 베프거든?
여주인공 : 야, 걔 내 죽마고우거든?

대사 속의 단어는 그 캐릭터의 성격도 묘사해 준다. 정말 친한 친구나 베프와 같은 단어는 좀 밋밋하고 죽마고우나 막역지우 같은 단어들은 격조가 너무 높으시다. 부랄친구라는 단어가 함축한 그 털털하면서도 터프하고, 약간은 막 나가는 자유분방함을 표현할 단어는 아무리 찾아도 없었다. 죽마와 부랄은 결코 비교 불가능하다. 죽마를 타고 놀던 사이라니. 코웃음이 난다. 마, 우린 싸우나도 같이 다닌 사이 아이가!

'똥꼬 빤다.'라는 표현도 그렇다. 아부성이 심한 사람을 향해 흔히 얘기하는 그 관용적 표현에 대응하는 적절한 문어체를 찾을 수가 없다. 하지만 그 말의 화신은 한 명 안다. 80년 1월생 양 계장이다. 그는 80년생이 아니라 79년생들과 친구다. 양 계장을 80년생이 아닌 80년 1월생이라고 굳이 말하는 이유가 있다. 그가 아슬아슬하게 80년대 낀대에 걸치고 있다는 걸 강조하고 싶어서다. 양 계장은 우리 청정한 낀대들의 물을 흐릴 만큼 탁한 꼰대에 가까우니까.

그와 함께 일했던 1년 반 정도의 시간은 하루하루가 놀라운 발견이었다. 어쩜 저리 창의적으로 아부를 떨 수 있는 건지. 그의 아부를 전부 얘기하다간 이 책이 끝나 버릴 것 같고, 대표적인 아부 장면 하나만 드라마 대본처럼 적어 보자면 대충 이러하다.

Scene #1. 사무실 / 주말 아침, 그것도 이른 아침

주말 아침부터 사무실 책상에 앉아 있는 양 계장.

지루하게 웹 서핑을 하다, 정확히 7시 30분이 되자 어디론가 전화를 한다. 휴대폰이 아닌, 굳이 사무실 전화임이 강조된다.

뚜— 뚜— 찰칵, 상대가 전화를 받자마자 자리에서 벌떡 일어나며

양 계장 (공손하게) 네! 사장님. 아, 네. 일요일인데 왜 사무실에 있냐구요? 저한텐 사무실이 집이고 집이 사무실 아니겠습니까. 하하하. 네. 아침부터 웬 전화냐구요? 아, 간밤에 잘 주무셨는가 해서. 어제 꿈에 사장님이 나왔습니다. 무슨 꿈인지 기억은 잘 안 납니다.

어쨌든 사장님이 꿈에 나오신 게 흔한 일은 아니라 이렇게 전화 한 번 드려 봤습니다. 네. 얼른 업무하고 저도 쉬러 가야죠. 에이 제가 뭐 그렇게 일을 열심히 하나요. 감사합니다. 그럼 월요일에 뵙겠습니다!

아무도 없는 사무실임에도 90도로 칼같이 꾸벅— 인사하며 전화를 끊는 양 계장.

오직 이것을 위한 출근이었던 듯, 전화를 마치자마자 수화기를 엇

비스듬하게 내려놓고 짐을 챙긴다. 통화 중으로 보이기 위함인 듯. 수화기에서 뚜— 뚜— 삐삐삐삐 소리가 들린다. 오늘도 한 건 했다는 의기양양한 걸음걸이로 사무실을 나서는 양 계장

극적 효과를 위한 창작이 아니다. 100% 하이퍼리얼리즘이다. 주말에 사무실에 출근했음을 알리는 저 치밀한 잔머리와 허공을 향해 90도 허리 인사를 하는 어마어마한 충성심은 사무실에서 함께 근무했던 우리 80년대 낀대들이 봐도 도저히 이해 가지 않을 정도였다. 설마 사장을 사랑하기라도 하는 걸까? 회사를 사랑한 꼰대는 봤어도, 사장을 사랑하는 꼰대는 드문데.

언젠가는 회사 행사에 참석하는 사장님의 사모님을 위해 PPT 10장 정도의 행사 시나리오를 작성한 적도 있었다. '국기에 대한 경례 알람이 나옴과 동시에, 사모님께서는 오른손을 왼쪽 가슴에 올리면 됩니다.'라는 식의 지문까지 완벽한 대본의 형태였다. 아, 생각해 보니 대본이 아닌 어느 구성프로그램의 큐시트 같기도 했다. [오후 6시-사장님과 사모님 도착, 오후 6시 20분-영빈관으로 이동, 오후 6시 30분-행

사 시작, 오후 6시 35분-국기에 대한 경례, 오후 7시 30분-만찬 시작]과 같이 분 단위로 완벽히 쪼갠 보기 피곤할 정도의 큐시트.

재밌는 건, 그 '큐시트+대본'을 만든 것 때문에 사장님께 된통 깨졌다는 사실이다. 이걸 아랫사람을 시켜서 왜 만드느냐고. 이런 짓 좀 하지 말라고. 사장님 역시 그 꼰대의 과한 아부에 치가 떨렸으리라. 그런데 더 재밌는 건, 양 계장은 사장님의 야단에 조금도 흔들림이 없었단 거다. 보통의 아부쟁이들은 '내가 이렇게까지 했는데 그걸 몰라줘?'라며 서운해하겠지만, 맹목적인 사랑으로 뭉친 우리의 양 계장은 진심으로 자신의 잘못을 뉘우치고 있었다.

그야말로 메소드 배우 아닌가. 그의 아부는 하급자가 보기에도 요령이 아닌 완벽한 진심으로 보였으며, 설사 요령이라고 해도 그 장인 정신에 상을 줘야 할지도 모른다는 착각이 들 만큼 완벽했다. 아부의 왕인 양 계장을 요즘 90년대생들에게 얘기해 줬더니, 아주 간단한 말로 요약해 줬다. '상사와 임원의 똥꼬를 치질 걸릴 정도로 빠는 게 패시브 스킬로 장착된 꼰대'.

리만가설은 120년이 지난 현재 12문제가 답을 찾았거나 부분적으로 해결되었다는데, 120년이 흘러도 부랄친구에 대체할 수 있는 단어를 발견하긴 어려울 거다. 하지만, 그 정도의 시간 동안 양 계장의 정체를 널리 알릴 수만 있다면 똥꼬를 빤다는 표현은 '양 계장스럽다' 정도로 대체될 수 있지 않을까?

'자', 힘들어요? 안 힘들죠?

너 빼고 다 힘든데 왜 묻냐? 착한 척 오지는

85년생 '힘들지 낀대' 정 팀장

○ 내가 예능 PD를 하다 회사를 그만두고 나온 이유 중 하나는 본디 예능 콘텐츠를 그다지 즐겨 보지 않아서다. 먹어 본 놈이 맛을 안다고, 예능 프로그램을 좋아해야 만들 머리를 굴릴 수 있을 테니까.

이런 나지만 좋아하는 예능 프로그램도 몇 있다. 〈아는 형님〉, 〈라디오스타〉, 〈한끼줍쇼〉 등 스타들의 진짜 모습이 드러나는 토크쇼 류다. 며칠 전에도 유튜브를 통해 〈아는 형님〉 클립을 보았는데, 그 회차에 재밌는 내용이 있었다. 개인적으로도 좋아하는 개그맨인 박영진 씨가 한 개그맨들이 유행어를 만들어 내는 과정에 대한 토크였다. 자신과 같은 '개그의 천재과'는, 처음부터 유행을 시키기 위해 유행어를 만들지 않는다고 했다. 처음엔 툭툭 던져 보고, 그 미끼를 대중들이 확실히 물기 시작하면 그때부터 그 단어와 문장을 강조하고 변주를 줘 가며 유행어를 탄생시킨다고 했다.

그런데 비천재과인 개그맨들은 처음부터 '이건 유행어니나 유행시켜 보겠소!'라는 의도를 팍팍 풍기며 유행어를 만든다며 신랄한 비판(웃기기 위해)을 하기 시작했다. 그 대표적인 게 친한 개그맨인 허경환 씨라며, 그의 유행어가 무슨 유행어냐며 한바탕 웃음판을 만들었다.

— 궁금해요? 궁금하면 500원.

나 역시 그 유행어를 그리 좋아했던 건 아니다. 그런데 며칠 전, 그 유행어를 여전히 밀고 있는 게 아닌가 싶을 정도로 똑같은 억양을 구사하는 낀대를 한 명 알게 됐다. 주변 낀대들에 대한 에피소드를 수집하고 다닌다는 걸 알고 있는, 은행에 다니는 친한 후배가 동료들과의 술자리에 나를 불러준 거였다. 그들의 술자리에 안주로 주로 등장하는 인물은 영업부에 있는 85년생 정 팀장이라는 사람이었는데, 그의 입엔 습관처럼 이 말이 붙어 있다고 했다.

—자, 힘들어요? 안 힘들죠?

에이 그게 뭐 그리 힘든 낀대냐며 속으로 3초 코웃음을 쳤다. 하지만 이내 웃음기를 거뒀다. '자, 안 힘들죠? 여러분은 다 할 수 있습니다!'라며 커다란 박수와 함께 사악한 미소를 연일 지어대는 정 팀장의 건치를 한 방 갈겨 버리고 싶다는 후배 팀의 불끈 쥔 주먹을 보니 나도 진지하게 정 팀장의 에피소드를 대해야겠단 생각이 들어서였다. 방금 나의 그 코웃음은, 타인의 고통을 함부로 정의 내리는 정 팀장만큼이나 상당한 낀대 같았으니까.

회사엔 무조건 괴롭히는 낀대만 있는 게 아니다. 정 팀장처럼 선의의 응원을 빙자한 은근한 괴롭힘 기술을 구사하는 낀대들도 있다. 이 같은 낀대들에게는 특징이 있다. 먼저, 후임을 향해 자기보다 똑똑해서 금방 배울 거라고 칭찬하듯이 부담을 준 뒤 기대만큼 못해냈을 때 얘는 똑똑한데 실무 능력은 영 꽝이라는 비판을 아무렇지 않게 한다는 거다. 한 마디로 좋은 상사와 능력 있는(것 같이 보이는) 상사라는 두 마리 토끼를 한 번에 잡는 약은 꾀를 쓰는 거다. 그들은 가끔 감도 안 잡힐 만큼 범위가 넓고 추상적인 질문을 던진다. 그리고 그 질문을 하는 자신을 마치 대단한 인문학 주의자처럼 포장하는데, 결국 이들 역시 자기보다 어리거나 지위 낮은 사람을 보면 자기 생각이 절대적으로 옳은 것처럼 훈계하고 가르치려 드는 경우가 많다. 이들 꼰대의 최악은 지나가며 마주칠 때마다 일이 재밌느냐고 물어본다는 거다. 야, 너는 재밌어서 하냐?고 물어보고 싶지만 그럴 수도 없다.

회사 생활을 하기 위해선 동기부여가 가장 중요하다고들 한다. 그것이 월급일지, 승진일지, 혹은 칼퇴일지는 개인마다 다르다. 하지만 이직의 이유 중 가장 큰 퍼센티지를 차지하는 게 회사 생활로 인한 스트레스다. 그 스트레스를 줄여보겠다고 힘든 일을 힘들지 않은 일처럼 포장하는 어리석은 짓은 하지 말자 꼰대들이여.

'차' 구경할래? 새로 뽑았는데

외제 차 자랑하더니 알고 보니 카푸어,
82년생 '허세 낀대' 오 주임

○ 소개팅 주선을 하다 재밌는 현상을 발견했다. 사람들은 얼굴의 이목구비를 '눈-코' 그리고 '귀-입'의 두 팀으로 나누길 즐긴단 거다.

눈-코 팀은 미모를 담당하고 귀-입 팀은 성격을 담당한다. 눈-코엔 '크다-작다-높다-낮다'와 같이 형태와 미美와 관련된 수식어가 주로 붙지만, 귀-입에는 '밝다-어둡나-무겁다-가볍다'와 같이 성격(주로 현명함)과 관련된 수식어를 사용한다. 복이 많을 것 같은 두툼한 귓불을 찾기보단 남의 얘기를 잘 들어 주는 귀를 찾고, 좋은 향기를 맡을 수 있는 코를 갖고 싶어 하기보단 날렵하고 오뚝한 코에 열광한다. 두

팀의 밸런스도 딱 맞다. 눈 두 개 코 하나. 귀 두 개 입 하나.

난 귀가 밝은 편이다. 소리에 예민하다. 딱히 담아 두지 않아도 될 소리까지 들어 쓸데없이 마음이 흔들리는 단점이 있긴 한데, 좋은 점도 있다. 그만큼 소리 수집을 잘한다. 날파리를 쫓듯 날소리에 감각을 곤두세우면 세상은 재밌는 것투성이다. 귀에는 시선이 없다. 길을 걷거나 카페에 앉아 있을 때, 사람들의 이야기를 대놓고 노려봐도 티가 안 난다. 사물과 사람을 마음대로 응시할 수 있는 자유란 대단한 것이다. 그건 글을 쓰는 데도 많은 도움이 된다. 허세 낀대 오 주임을 알게 된 것도 그 덕분이고.

엊그제 카페에서 라떼(하필 라떼라니)를 마시며 책을 읽고 있는데, 멀끔한 정장 차림의 직장인 셋이 들어왔다. 수다와는 전혀 어울릴 것 같지 않은 그들은 의외로 한 시간 내내 한 인물을 집요히 씹어 대기 시작했다. 그게 오 주임이었다. 일명 오 허세. 나는 마지막 남은 라떼 한 모금을 아껴가며 그들의 얘기에 집중했다. 쪼로록— 빨대에 부딪히는 얼음 소리가 나지 않게 조용히.

1982년생 오 허세 씨는 세 사람보다 한 직급 위의 평범한 회사원이다. 결혼은 아직 하지 않았다. 키는 170cm 정도? 수다를 떨고 있는 셋 중 가장 작은 사람보다 더 작다고 했으니 그 정도 될 듯했다. M자형 탈모가 진행되고 있어 늘 검은콩을 휴대하며 먹고 근무 시간엔 내내 주식과 코인 창을 들여다보고 있다. 본인피셜로 언제나 20% 이상의 수익률을 유지한다는데 확인할 길은 없다. 그래도 그 덕분에 회사 내 오렌버핏이란 별명을 갖고 있다.

그는 입만 열면 허세를 부린다. 2NE1 노래인 '내가 제일 잘나가'라는 노래를 주제가로 삼으면 딱 좋을 것 같은 인물. 으스대는 영웅담은 그게 끝이 아니었다. 한때 신촌과 홍대를 주름잡는 최고의 클럽 애호가였다며, 외국 유학생을 비롯한 숱한 여성들과 염문을 뿌리고 다닌 이 시대의 카사노바임을 자처했다. 그런데 그는 그 엄청난 화려함과는 동떨어진 수수한 커피 취향을 갖고 있었다. 라떼나 아메리카노와 같은 커피는 싫어하고 오직 믹스커피만 마신다는 거다. 아쉬웠다. 그렇게 화려함과 수수함을 동시에 다 가진 완벽함만 아니었어도 카페에서 실물을 영접할 수 있었을 텐데.

그 오 주임의 최근 허세는 자동차에 대한 것이었다. 우리의 오 허세 님께선 최근 꽤 비싼 외제 차를 새로 사셨다. 그가 새 차를 사든 말든 상관할 바 아니지만, 그 상관할 바도 아니고 관심도 없는 회사 사람들에게 그렇게나 사진을 보여주고 다닌다는 거였다. 독일 B사의 럭셔리한 신형 SUV였으니 자랑하고 싶은 마음은 공감이 갔다. 하지만 마주치는 사람마다 차 사진을 보여 주며, 좋은 리액션이 나오기 전까진 자리를 뜨지 않는다는 부분에선 안타까움이 밀려왔다. 정말로 그런 사람이 있다구요?라며 그 테이블에 쓱 끼고 싶을 정도였다. 그 좋은 차를 사 놓고 어째서 브레이크를 밟아야 할 타이밍을 모르는 것인지.

급발진은 교통사고에만 있는 게 아니다. 소통에도 있다. 얌전히 길을 걷고 있는 보행자에게 달려드는 자동차처럼, 관계를 유지하는데도 급발진을 하는 사람들이 있다. 소개팅을 하고 나서 하루 만에 사랑한다고 고백하는 사람도, 오 허세 님처럼 자신에게 관심을 가져 달라며 쉴 새 없이 떠들어대는 사람도 마찬가지다.

고급 차의 장점이 최고 속도나 가속력이라고들 하지만, 정작 그 차를 잘 다루는 사람들은 브레이크를 잘 밟는다. 소위 연애할 때 얘기하는 '착한 남자의 오류'도 이와 비슷하다. 그들은 진심이 있으나 센스가 없다. 센스 없는 진심은 타인에게 폭력이 될 수 있단 것도 모른다. 여기서 말하는 센스란 뭐 그리 대단한 걸 얘기하는 게 아니다. 옷 잘 입고 말 잘하는 센스는 저세상 영역이라는 걸 보통 사람들도 잘 안다. 그냥 보통 사람만큼의 센스를 바라는 거다. 상대가 원하는 속도로 달려 주는 센스 말고, 싫어하는 순간 멈출 줄 아는 센스. 액셀러레이터가 아닌 브레이크를 밟는 센스.

센스 없는 사람이라는 핀잔을 듣고 발끈하는 낀대들은, 왜 내게 값비싼 스포츠카를 요구하느냐는 식의 반발심을 가진다. 그들은 모른다. 그들에게 요구하는 건 오히려 그 반대라는 것을. 멋지게 밟아 누구보다 빨리 달리는 게 아니라, 그저 멈춰야 할 때 멈추는 센스인 것을.

브레이크는 스포츠카에만 있는 게 아니나. 경운기에도 있다. 하지만 오 주임과 같은 낀대들은 누구보다 빠르게 달리는 게 최고라 생각한다. 힘을 컨트롤 할 생각도 없다. 그저 고성능 액셀이 최고이며, 그걸 맘껏 밟는 게 멋지다고 여긴다. 사람이 한 명도 없는 한적한 고속도로가 아님에도 불구하고.

브레이크를 밟지 못하는 사람은 액셀도 제대로 밟지 못한다. 오 허세의 결말이 그랬다. 내 컵 안의 얼음이 완전히 녹아 거의 물이 되었을 때쯤, 새로운 멤버가 조인했다. 오 허세는 과연 월급으로 그 차를 샀을까에 대한 이야기로 주제가 옮겨갔을 때였다. 뉴 멤버의 입에서 따끈따끈한 오 허세 뉴스가 업데이트됐다. 전부 빚이라고. 그 인간 카푸어라고. 그의 허세는 브레이크를 밟지 못했던 걸까. 아니면 과하게 액셀을 밟아 버린 걸까.

'카'메라는 기본 카메라로 찍어야지
앱은 자존감 떨어지는 애들이나…

말끝마다 자존감, 자존감, 내 자존감 후려치는
84년생 '자존감 흡혈귀 낀대' 이 과장

○ 자존감과 자신감은 다르다. 자존감은 버티는 힘이고 자신감은 나아가는 힘이다. 내가 서 있는 땅이 무너질까 노심초사하는 게 자존감이라면, 무너진 후의 지하에서 지상으로 다시 올라오는 힘은 자신감이다.

자존감은 자신감과 달리 사회적 관계 내에서 필요한 힘이다. 무인도에 홀로 살아가야 하는 사람이 자존감을 중요시할 필요는 없다. 살아남을 수 있다는 자신감만 있으면 된다.

반대로, 사회생활에서 중요한 건 자존감이다. 살아남을 수 있다는 생각보다는 내가 제대로 삶을 살아 내고 있다는 자존감.

그러고 보면 자신감은 시간, 자존감은 존Zone, 즉 공간에 대한 메타포를 가진 게 아닌가 싶다. 얼마나 오래 걸어갈 수 있는지에 대한 문제는 자신감, 내가 있는 공간에 대한 확신에 대한 문제는 자존감.

자신감은 딱히 술자리 안주가 되지 않지만, 자존감 문제는 세대론을 얘기하는 술자리에서 어김없이 등장한다. 자존감 토론? 좋다. 그것을 강조하는 결론도 얼마든지 수긍 가능하다. 그런데 말끝마다 자존감 이야기를 하는 낀대를 만나면 상당히 불쾌한 건 숨길 수가 없다. 당신의 자존감은 얼마나 높길래 시대, 아니 상대방의 자존감에 대해서 잔혹한 평가를 하느냐는 거다. 모 화장품 회사에 다니는 84년생 이 과장이 바로 그런 낀대다. 그녀는 불편한 감정 이상의 불쾌감을 주면서도 자신을 철학자라 믿는다. 회사 내 모든 상황에서 자존감을 걸고넘어지는 거다. 예를 들어 심부름을 시키는데 제대로 반응하지 않았을 때,

— 혹시 A씨는 자존감이 부족한가? 나는 그냥 A씨가 가까워서 부탁을 했을 뿐인데, 혹시 내 부탁이 불쾌했어?

라는 식으로 응수해 버리는 거다. A는 그저 귀찮았을 뿐이었고, 그 귀찮음 역시 상사에겐 반항의 의미로 받아들여질 수 있으니 굳이 설명하진 않았다. 하지만 이 과장의 딴지는 그걸로 끝나는 게 아니었다.

—A씨는 왜 휴대폰 사진을 찍을 때마다 앱을 써? 그렇게 포샵하는 건 자존감이 너무 낮아 보이지 않아?

지는 프로필 사진을 맨날 명화 사진이나 꽃 사진으로 해 놓으면서. 무슨 자존감 타령이래! 라고 이야기하고 싶은 걸 매번 꾹 참는다는 A. 본인의 생각이 그러한 건 나무랄 수 없지만, 왜 타인에게 그런 철학을 강요하는지 모르겠다는 게 A의 불만이었다.

이 과장은 열등감이 심한 사람이 분명하다. 대접을 받고 싶어 대접을 쏟고는, 쏟아진 걸 주워 내라며 호통을 치는 동안 자존감을 회복한다. A가 말하길, 이 과장은 쓰레기 같은 업무들을 과도하게 지시해 놓고 신속 정확한 결과물을 원한다고 했다. 매사에 부정적이며, 상대를 깔보며 업신여기는 게 기본 세팅이라는 게 A의 토로였다.

안타까운 얘기지만, 정작 자존감이 낮은 건 이들이다. 그들은 오직 반작용의 에너지로만 세상을 살아간다. 혼자서는 신호등 보는 방법도 모르는 사람이다. 사람들이 움직이는 것을 보며 길을 따라 건넌다. 자신이 가진 능력에 대해 늘 의문을 품고 의심하기 때문에, 평소엔 자신에 대한 확신이 없다. 그래서 상대방을 괴롭혀서, 그가 반응하는 에너지의 양만큼 자존감을 회복하는 거다. 타인 없이는 자신이 딛고 있는 땅에 대해 자각을 하지 못한다. 어느 게임 속 장애물처럼 투명과 불투명을 반복하는 땅 위에서, 이 과장은 타인을 괴롭힐 때 비로소 그 땅의 형태를 확인하고는 안도를 표하는 거다.

그들도 딱하다. 늘 투명한 땅 위에 서 있다고 생각하기 때문이다. 그들은 가끔 아래를 내려다보며 다리에 힘을 풀어버린다. 그리고 그것에 좌절한다. 그럴 때마다 타인을 찾아, 본인의 가장 취약한 지점이자 유일하게 핑계 삼을 수 있는 도구인 자존감을 내세우며 윽박지르는 거다. 오직 그 순간만이 본인이 버티는 땅에 활력이 돋는다고 생각하는 걸까. 마치 젊은 사람의 피를 마셔서 젊음을 찾는 흡혈귀처럼 타인의 아픔을 양분 삼는 꼴이라니. 그래서 그들과 생활하는 건 힘들다. 제발 흡혈귀처럼 낮에라도 나타나지 말아 주길.

'타'인의 의견을 재창조하는 것도 능력이지, 안 그래?

재창조는 됐고 제발 좀 그만요!
82년생 '아이디어 도둑 낀대' 김 차장

○ 인생에서 가장 똑똑했던 시절을 꼽으라면 고민 없이 취준생 시절을 꼽는다. 언론 고시라고도 불리는 방송국 입사 시험을 준비하며 다양한 스터디를 했는데, 매일 신문을 읽고 작문을 하고 시사 상식을 풀며 끊임없이 뇌를 활성화했던 시기다. 그때 자기소개서에 필살기처럼 썼던 문장이 있다.

'무에서 유를 창조하는 게 예술가라면, 저는 유에서 뉴를 창조하는 사람입니다.'

그런데 세상에는 정말로 유에서 뉴만 만들어 내는 사람이 있었다. 후배의 아이디어를 뺏어 자신의 기획으로 만드는 게 취미인 김 차장이 딱 그런 인물이었다.

김 차장은 창의력과 거리가 먼 사람이다. 하지만 자기가 트렌드를 선도한다고 생각하는 독특한 인물이었다. 딱히 자랑할 만한 능력은 없었는데, 아이템 회의 시엔 온갖 있어 보이는 용어와 명언을 늘어놓는 사람이었다. 평생 인터넷을 통해 즐겨찾기 해 놓은 것들을 전부 다 끄집어낸달까? 그 중 구난방의 시장통은 그저 쓸데없는 아는 척으로밖에 여겨지지 않는다는 걸 모르는 듯했다.

책상 위엔 인문사회학 책이 늘 놓여 있었다. 한 번도 읽지 않은 티가 너무 났다. 자기보다 어리거나 직급이 낮으면 무조건 아는 게 없다고 생각하기도 했다. 그 생각에 반론이라도 펼치려는 후배에겐, 역시나 시장통식 명언 늘어놓기 시간이 시작됐다. 무슨 말을 하든 훈계조였고, 상대방에게서 오직 예와 아니오라는 마침표식 답변만 들어야겠다는 답정너였다. 우린 그를 보며 이렇게 생각할 수밖에 없었다. 혹시나 튀어나올 물음표를 미리 방지하려는 자기방어 기제라고.

온갖 아는 척을 통해 상대방을 지치게 만들어, 자신을 파악하려는 질문 자체를 봉쇄하려는 고차원적인 전략이라고.

그런 그가 어느 날부터 후배의 아이디어까지 뺏기 시작했다. 아는 척 남발하기 위한 재료가 다 떨어졌기 때문인지, 이젠 후배가 언젠가 술자리에서 제안했던 기획은 자신이 만든 것쯤으로 발표하는 일이 발생한 것이다. 더 얄미운 건 그의 마지막 말이었다.

— 이 아이디어에 도움을 준 신입사원 이철수 씨께 이 모든 영광을 돌릴게요.

싱긋 웃는 그를 보며, 우린 그가 사이코패스 혹은 소시오패스 검사를 받아야 한다고 혀를 끌끌 찼다. 그는 아마도 어떻게 '보여야 한다는' 강박에 휩싸인 낀대가 아닐까. 어떻게 세상을 살아야 하는지에 대한 생각이 지나쳐, 어떻게 보이는 것에 대한 것이 인생의 1순위가 된 안타까운 삶.

'파'! 하하하! 최불암 성대모사 몰라? 요즘 것보다 예전이 더 재밌는데

옛날 옛적 무지하게 강요하는, 81년생 '레트로 낀대' 엄 계장

○ 사람을 울리긴 쉬워도 웃기긴 힘들다. 특히 요즘 같은 유튜브 드라마나 시트콤 작업 시 가장 어려운 게 개그다. '무야호―'라는 유행어는 왜 갑자기 인기를 얻게 됐으며, 비의 '깡'이 어째서 역주행하는 건지, 이유를 설명할 수 없는 일들이 종종 일어난다.

개그의 종류도 바뀌었다. 80년대생들의 개그란 슬랩스틱의 향연이었다. 세련된 대사로 웃기는 게 아닌, 표정과 행동으로 웃기는 개그였다. 81년생 레트로 낀대 엄 계장의 개그도 그랬다. 보는 사람의 눈살이 찌푸려지는, 보기 힘든 개그.

엄 계장은 아직도 최불암의 성대모사를 개인기로 밀고 있는 사람이었다. 오죽했으면 엄 계장의 가족 중 한공주•가 있는 줄로만 알았다. 그는 다른 최신 개그엔 전혀 반응하지 않았다. 일부러 그러는 건지 정말로 웃기지 않은 건지, 희미한 미소조차 짓지 않았다. 대신 최양락과 김학래, 이봉원과 박미선 시절의 개그 프로 이야기만을 주야장천 했다. 마치 그것이 전부라는 듯. 그것 외의 다른 개그는 절대 인정할 수 없다는 듯.

뭐 본인만의 세계가 있는 걸 나무랄 순 없다. 문제는 그 개그를 왜 회식 자리에서 직접 실습하느냐는 거였다. 마치 자신의 유행어를 유행시키려는 개그맨처럼, 매번 똑같은 개그를 구사했다. 누가 보면 옛 개그맨들이 소속돼 있는 매니지먼트의 대표가 아닐까 싶을 정도로, 옛 개그의 유행을 위해 힘쓰는 엄 계장. 그것 빼곤 딱히 나무랄 게 없는 사람이었기에 그 안타까움은 더 심했다. 참다못한 신입이 물었다.

• Part1에 등장했던 5학년 4반 짝꿍. 아마도 엄 계장보다 최불암 흉내를 잘 낼 것 같다.

— 계장님은 어릴 때 꿈이 개그맨이었어요?

엄 계장은 그 질문을 완전히 곡해했다. 그만큼 재밌는 사람이라는 칭찬으로 받아들여 버린 거다. 그 후 엄 계장의 개그 시도 빈도는 더 심해졌고 그 질문을 한 신입은 덩달아 놀림당하기 시작했다. 엄 계장의 팬클럽 1호라고.

변화의 물결에 탑승하지 못하고 냇가를 서성이는 존재들이 있다. 그 물결은 딱히 무섭지 않아 얼마든지 탈 수 있지만, 그들은 그러한 도전을 망설인다. 요즘 것들을 무조건 배워야 한다는 의무는 없다. 하지만 그렇다고 해서 지나치게 라떼를 강조하는 자유 또한 견제해야 한다.

어디까지나 '함께'하는 사회생활 아닌가. 우린 엄 계장의 과거에 사는 사람들이 아닌, 그의 현재를 함께하는 사람들이다. 개그를 통한 웃음이 친분을 만들어 주는 게 아니다. 그저 함께하고 있다는 전우애면 충분하다. 엄 계장이 이 간단한 진리를 얼른 깨닫길.

'하'급자는 소모품이지! 나 때는 그랬다니까?

약자는 관심도 없는

87년생 '강약약강 낀대' 강 사원

○ 꼰대 선배들이 고질적으로 하는 잔소리가 있다.

– 요즘 애들은 술자리에서 먼저 다가오질 않아. 선배들이 움직이는 건 좀 그렇잖아? 후배들이 옆에 와서 싹싹하게 인사도 하고, 술도 사 달라고 하고 그래야지. 왜 이렇게 애교가 없는 거야?

– 요즘 애들 참 희한해. 과방에 선배들이 버젓이 있는데도 인사도 잘 안 한다니까? 심지어 선배들이 청소하고 있는데, 도와줄 생각도 않고 딱 자기 볼일만 보고 나가더라구.

그런 얘기를 하는 선배들을 보며, 우린 처음으로 꼰대라는 단어를 배웠다. 선배의 선이 먼저 선(先) 아니냐며, 어째서 후배가 움직이길 바라느냐며, 몰래 뒤에서 그 선배들을 씹었다. 비극은, 저런 선배는 되지 말아야지 하던 우리 동기들 역시 똑같은 사람이 되어 버렸다는 사실이다. 심지어 정말 오랜만에 만난 동기 중 한 명은 한술 더 뜨는 꼰대가 돼 있었다. 마치 하급자를 소모품 취급하는 식의 이상한 말을 하는 게 아닌가. 대학 시절엔 누구보다 더 열심히 후배의 편에 서서 존엄성을 외쳐 주던 친구가.

그 친구와 같은 낀대 이야기를 얼마 전에도 들었다. 심지어 87년생. 나이도 많지 않은 사원이 회사 내 그 어떤 꼰대보다 더 꼰대스럽다는 제보였다. 강 씨 성을 가진 사원, 강 사원이라고 했다. 그는 굳이 회사가 아니라 해도 욕을 먹었을 것 같은 성격인데, 모든 약자에게 강하고 모든 강자에게 약한 전형적인 밉상이라고 했다. 식당에 가면 종업원들에게 무턱대고 반말을 하는 건 기본이고, 술에 취하기만 하면 술집 종업원에게 말을 걸며 내 술을 한잔 받고 일하라는 식의 행패를 부린다고 했다. 여자 종업원이고 남자 종업원이고 가리는 법이 없었다. '여기서 일하면 얼마 벌지? 내가 좋은 인턴 자리 소개해 줘?'라는 식으로 거들먹거리며 그들의 자존심을 뭉갠다는 것이다.

뉴스에 나오는 사회의 각종 아젠다를 대하는 태도도 참 한결같단다. 그 어떤 상황에서도 주류에 속해야 한다는 강박관념에서 벗어나지 못하는 인간이라는 게 강 사원에 대한 평가였다. 나름 인서울 4년제 대학을 나와 대기업에 다니고 있으면 이미 주류에 속해 있다는 여유를 가질 법도 한데, 그는 여전히 주류에 목말라한다고 했다. 그래서 환경, 인종, 종교, 반려동물, 성 소수자 등 각종 사회의 아젠다를 이야기할 때면 주류의 반대편에 서 있는 사람들을 그렇게 무시하며 본인을 반드시 주류에 포함시키는 게 그의 말버릇이라고 했다. 소수의 쪽은 다른 게 아니라 절대적으로 틀린 거라면서.

개인 삶에 리듬이 중요하듯 관계에도 리듬이 중요하다. 강한 사람에게 약하고 약한 사람에게 강한 그의 강약약강 리듬은 정말로 듣기 싫은 소음이다. 그가 그토록 원하는 주류는 마트의 주류 코너에나 있을 뿐이다. 세상은 주류와 비주류로 나뉘는 게 아니다. 듣고 싶은 소리와 듣기 싫은 소음으로 나뉜다면 모를까.

꼰대들도, 꼰대를 대하는 사람들도
어차피 둘 중 하나의 선택을 해야 한다.
아니면 말고 혹은 그럼에도 불구하고!

Part 4

낀대, 그럼에도 불구하고!

반항은 말대꾸나 변명이 아니라,

하나의 동등한 인격체가 되어가는

성장통인 거라고.

용미사미

○ 10대의 끝엔 산타가 없는 걸 알았고

20대의 끝엔 사랑이 없단 걸 알았다.

30대의 끝엔 꼬리는 결코 대가리가 될 수 없음을 안다.

용의 꼬리와 뱀의 대가리 중 고민하는 많은 이들 중

용의 꼬리도 고민했던 사람은

결국 뱀에서도 꼬리를 담당한단 사실을.

결국 중요한 건 용이냐 뱀이냐의 선택이 아니라,

대가리냐 꼬리냐가 아닐까 싶다.

한 번 대가리는 언제 어디서든 대가리니까.

실리 그리고 실용

○ 실리와 실용은 다르다. 실리란 이익이고 실용은 쓸모다. 실용이란 '잘 쓰는 행위' 그 자체에 힘을 두고 있지만, 실리란 이 행위까지 계산해 도출한 이익 값을 말한다. '실리를 따진 실용성'이란 말은 이해하기 어렵지만, '실용성까지 따진 실리적 선택'이란 건 그럭저럭 수긍이 간다.

80년대생이 실용성을 따질 때 90년대생은 실리를 따라 움직인다. 90년대생이 낭만이 없고 더 현실적이라는 말과는 다르다. 그래서 실용과 실리의 간극을 어느 정도 이해해야 한다. 가성비와 가심비의 차이를 생각하면 수월할 듯싶다. 가성비의 중심에 실용성이 있다면, 가심비는 실리를 따진 값이다.

저렴한 가격으로 활용도가 좋은 물건을 고른다는 가성비엔, 실용성이 반드시 포함된다. 실용적이지 않은 물건을 선택하며 가성비가 좋다는 말을 하는 일은 있을 수 없다. 하지만 실용성이 없는 물건을 선택하면서도 실리를 따진다는 표현은 할 수 있다. 활용도가 없는 물건(요즘 말로 예쁜 쓰레기)을 사더라도 관상용 혹은 그 비슷한 감각적 만족을 얻어 삶이 윤택해졌다면, 실질적인 이득을 취했다는 표현을 충분히 할 수 있는 거다. 그게 곧 가심비다. 다음의 경우를 생각해 보자.

50만 원이 있다. 90년대생들은 어떤 선택을 할까?

A. SSS급 명품 이미테이션 백을 사는 것.

B. 인지도가 비교적 낮은 브랜드 오리지널 백을 사는 것.

90년대생들의 합리성을 조금밖에 모르는 사람은 당연히 B를 고른다. 그들은 합리적이고 현실적이므로 A 같은 선택은 절대 하지 않을 것이라 단언하기 때문이다. 하지만 실제

90년대생들에게 이 같은 질문을 하면, B를 고르는 이는 적다. 오히려 '진정성'을 따지는 80년대 낀대 쪽에서 더 많이 선택하는 게 B다. 90년대생들은 이렇게 대답한다.

— 가방은 물건을 담는 기능도 있지만, 스타일과 개성을 표현하는 액세서리다. 그러니 더 나은 이미지를 갖는 게 실용적이지 않나? 심지어 50만 원이 적은 돈도 아닌데. 하나라도 확실한 만족감을 얻어야지.

— 맞다. 어차피 인지도 낮은 브랜드를 사면 더 높은 브랜드를 갖고 싶은 마음에 만족도가 그리 높지 못하다. 그렇다고 해서 그 싼 가방이 딱히 품질이 월등히 더 좋은 것도 아니고.

— 이 문제를 굳이 자존감 이슈와 연결하는 것 자체가 80년대생들의 고리타분함이다. 뭐만 하면 자존감을 물고 늘어지는 낀대들의 월권행위다.

90년대생을 이해하기 위해선 이 '실리'라는 단어를 주목해야 한다. 이는 그저 실용성만 내세우는 것과 다르다. 감성적 영역까지 포함한 걸 실용성에 포함하는, 말하자면 네오실용주의가 90년대생들의 키워드인 것이다.

Z세대

○ 종종 인터넷에 떠도는 Z세대의 놀라운 창의력 짤을 보며 놀라곤 한다. 내가 만난 90년대생들 중에서도 그러한 천재적인(?) 면을 가졌던 친구들이 있었다. 대표적인 친구가 K다. 부전공 차 들었던 타이포그래피 수업에서였다. 그날의 과제는 A4용지 한 장을 타이포그래피로 채워 오기였는데, 타이포그래피가 뭔지 잘 몰랐던 나는 그저 네이버의 사전적 정의를 열심히 탐독했다. 그리고 당당하게 포토샵을 열어, 내가 알고 있는 모든 폰트를 이용해 A4용지를 채우기 시작했다. 아주 답답하게.

다음 수업 시간, 내 과제는 그냥 보기에도 형편이 없었다. 이건 그냥 어디 인쇄소의 홍보 책자도 아니고, 대체 무엇을 말하고 싶은 건지 모르겠는, 그저 열심히만 해 온 과제였다.

90년대 어린 후배들의 과제는 나보다 훨씬 나은 것들이 대부분이었는데, 그중 유독 눈에 띄는 친구의 과제가 있었다.

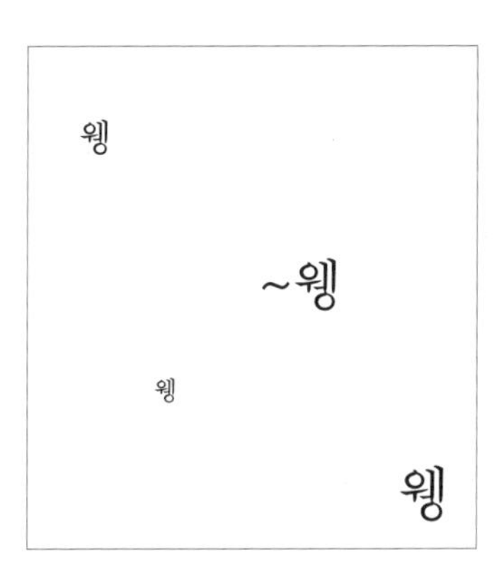

이런 식으로 A4용지 군데군데 웽 이라는 글자를 크고 작게 써 온 것이다. 처음 그 친구의 과제물을 봤을 땐 '얼마나 하기 싫었으면 저렇게 대충 한 걸까.' 하는 생각을 잠시 했다. 그러나 그 생각이 얼마나 부끄러운 오해였는지 알게 되기까진 몇 분이 걸리지 않았다. 그 친구가 일어나서 과제 설명을 했다.

“이건 모기가 제 방을 날아다니는 걸 표현한 거예요. 모깃소리가 제 방에 너무 꽉 차 있었거든요.”

더 이상의 설명은 생략한다. 나는 바보였고, 그는 천재였다. 심지어 내가 그 친구의 과제를 무시한 데엔 ‘어리고, 날라리처럼 보이는 외모’도 한몫 했다는 걸 알기에, 나는 그날 이후 좀 달라졌다. 눈에 보이는 걸 제대로 설명하는 것보다, 눈에 보이지 않는 목표로의 골인을 위해 투명한 징검다리를 이어 나가는 것의 위대함을.

그때 난 깨달았다. 요즘 애들이 왜 그렇게 독특한지.

X, Y는 2차원이지만. Z는 3차원이잖아? 깊이가 남다른 3차원 존재. Z세대.

위아래의 가치만 있는 Y축에 좌우의 가치가 있는 X가 등장했고, 그 후의 Z는 깊이까지 더해진 거다. 우리가 이들을 이길 수 있을까? 굳이 이기려 노력하기보단 공생하며 좋은 것들을 배우는 편이 훨씬 현명해 보이는데.

피터 팬 신드롬

○ P 팀장에게 후배들이 묻는다.

― 팀장님, 팀장님은 지금 딱 한 곳으로 순간이동을 한다면 어디로 하고 싶으세요?

― 네버랜드

― 네? 네버랜드? 네이버랜드? 에이랜드 짭? 거기도 옷 파는 곳인가?

P 팀장은 팅커벨이라도 찾아 증명하려 양손을 허공에 허우적댄다.

추억은 잡혀 주질 않고 늘 도망가지만 가끔은 착하게 옷깃을 내어 줄지도 모르니까.

내게서 아직 완전히 도망가지 않았다는 기대로.

한 발 떨어져서 몰래 지켜보던 추억을, 취기 핑계 삼아 불러 본다. 간절히.

잡히지 않아도 좋으니 지금 이 순간만 아주 잠시라도 나타나 주면 안 되겠냐며.

반짝거리는 팅커벨.

아니, 낭만을 소유하는 것까지는 바라지도 않는다.

그저 그 존재를 이 아이들에게 증명하고 싶어 열심히 허공을 휘적거린다.

그런데 모두가 내 손을 피해 점점 멀어진다. 왜지?

아, 이미 내 한쪽 손은 후크 선장의 갈고리로 변해 있었구나.

그걸 나만 몰랐구나.

액체 괴물

○ 1980년대에 태어나서 88올림픽을 아주 어렴풋이 기억하고, 국민학교를 입학해 초등학교를 졸업한 세대. 급식도 도시락도 먹어 본 세대. 삐삐와 PC통신, 시티폰과 음성 사서함, 스마트폰과 인터넷, 마을버스와 메타버스까지 한꺼번에 경험한 세대.

우리 낀대들은 분명히 문화적, 기술적 차원에서 일면 행운의 세대라고도 할 수 있다. '낀대'는 말 그대로 '끼인 세대'이지, 꼰대를 답습하는 것도 아니다. 하지만 낀대는 여전히 부정적인 어감이다. 서글픈 현실이다.

낀대와 비슷한 느낌을 주는 단어로는 '고인물'이 있다. 고인물이란, 고일대로 고여 이미 하나의 장르를 완성한 풍경을 뜻한다. 그래서 그런지 고인물이라는 표현은 낀대에 비해 좀 더 긍정적으로 쓰일 때가 많다. 그럴 땐 고인물이 부럽기도 하다.

낀대여 힘을 내자. 우린 고인물보다 낫지 않나. 오히려 고이지 않기 위해 끊임없이 움직이고 있는 것 아닌가. 이 은근한 노력을, 누군가는 꼰대도 아니고 신세대도 아닌 존재의 애매한 방랑으로 여길지 모르지만.

오히려 우린 우리가 파괴되는 것을 즐겨도 좋다.

그저 입으로만 낭만을 외칠 게 아니라 새로운 자극을 만나 부서지고 으깨져서 여전히 몽글몽글한 상태를 유지해야 한다. 우린 아직 딱딱해지지 않았다. 마치 요즘 아이들이 갖고 노는 액체 괴물처럼, 그렇게 다양한 형태로 여전히 변할 수 있음을 인지하는 것부터 시작하면 된다.

멸치의 추억

○ 요즘엔 개그맨보다 더 재밌는 일반인이 많다. 인기 예능 프로그램인 〈유 퀴즈 온 더 블럭〉에 나온 수능 출제 위원 역시 그랬다. 입담이 좋아 한참을 웃으며 봤다. 그중 기억에 남는 건, 부인에게 받은 멸치 한 봉지 들고 합숙소에 들어온 출제 위원 얘기였다. 심심할 때 멸치 똥이나 따라고.

문득 취업 준비를 하던 때가 생각났다.
이력소설을 쓰다 지쳐 침대에 누워 있는데
창밖에서 멸치 장수의 목소리가 들려왔다.

멸치는 남해안 멸치.

남해에서 올라온 멸치 싸게 팝니다.

쌉니다. 싸.

멸치는 0~200m 정도의 얕은 수심에서 생활한다.

몸집은 작으나 생김새가 늘씬하다.

볶음뿐 아니라 회나 조림을 해도 상당히 맛이 좋다.

비린 건 멸치의 단점이 아니다.

사람의 코가 문제다.

망망대해를 자유로이 헤엄치다

냄비 속 찰랑거리는 물에 담겨

전력을 다해 육수를 우려내곤,

그렇게 마지막 남은 생기 한 방울까지 탈탈 털린 후

싱크대 수챗구멍에 처박혀 버리는 멸치의 삶을 상상했다.

쌉니다. 싸. 한 박스에 5천 원, 두 박스에 7천 원.

떨이로 가져가세요.

잘 관리된 수조도 아닌 스티로폼 박스에 갇혀

심지어 파격 할인까지 해서 팔려 버리는 멸치의 서러운 삶이라니.

취준생, 아니 누군가의 마음에 들기 위해 노력하는

모든 멸치들이여 파이팅!

P.S. 사회에 지지고 볶여 물엿에 딱딱하게 굳어진 멸치볶음 낀대들도, 단물 짠물 다 빨아내고 쓴 물만 울컥울컥 토해 내고 있는 육수 낀대들도 파이팅.

거미줄

○ 산책 중 거미줄을 봤다. 문득 이런 생각이 들었다.
저기 하찮다고 생각되는 거미줄을, 나는 끊을 수 있나?
손가락을 휙 그어봤지만 찝찝함만 더해졌다.

그 얇은 거미줄 하나 제대로 끊을 수 없는 손가락이다.
한데 누군가를 지적하길 서슴지 않는 세대가 돼 버렸다.
거미줄 하나 자르지 못하는 무력함을 다음 세대에게 토해 낸다.
덕지덕지 붙은 비난과 간섭의 먼지를
허공에 털어도 아무 상관없는 먼지를,

그렇게 남에게 묻힌 먼지는 결국 내 눈에 먼저 보이기 마련이다.

차라리 내 몸에 붙어 있었을 땐 보이지도 않던 먼지인데.

거미줄엔 먼지가 달라붙지 않는다.

거미는 오늘도 거미줄을 양껏 뽑아내 성실히 집을 만든다.

그래, 우리도 청소나 하자.

앨리스와 파랑새 그리고 무지개

• 짐을 채워 놓았을 때보다 아무것도 없는 방이 더 좁아 보이는 이유는 뭘까. 방조차, 더 넓게 보이기 위해 무언갈 채워야만 한다.

• 루이스 캐럴의 동화《이상한 나라의 앨리스》엔 속편이 있다.《거울 나라의 앨리스》다. 여기에 나오는 붉은 여왕과 앨리스의 대화가 인상 깊다. 앨리스가 레드퀸과 함께 나무 아래에서 계속 달리며 레드퀸에게 묻는다. 왜 계속 달리는데 나무를 벗어나지 못하느냐고. 그러자 레드퀸은 대답한다. 아무리 힘껏 달려 봐야 제자리이기 때문에 두

배는 더 빨리 달려야 한다고. 경제학에서도 쓰이는 레드 퀸 가설이다.

- 거울 나라는 한 사물이 움직이면 다른 사물도 그만큼의 속도에 따라 움직이기 때문에 다른 사물이 움직일 때 움직이지 않으면 뒤처지게 되는 특이한 나라다. 우리가 사는 나라도 거울투성이다.

- 누군가는 부랑자들을 보며 그런 말을 한다. 어째서 저들은 인간답게 사는 노력을 하지 않느냐고. 구걸할 시간에 정당한 노동을 해서 돈을 버는 게 낫지 않겠냐고. 혹시 그들의 거울이 지나치게 산산조각이 나 버린 건 아닐까? 부서지고, 부서지고, 또 부서져서 완전히 파편화된 조각이 더는 아무것도 비출 수 없게 된 건 아닐까.

- 더 나은 사람이 되는 방법은 두 가지다. 남을 깎아내리는 것과 내가 발전하는 것. 전자가 더 쉽다. 하지만 여기서 전자를 선택해 버리는 순간, 당신은 언젠가 똑같은 방식으로 다른 사람에게 잡아먹히고 말 거다. 그러니 더 나은

사람이 되기 위해서가 아니라, 영원히 누군가에게 잡아먹히지 않기 위해 자신을 발전시켜 보는 건 어떨까.

- 파랑새의 파란 깃털엔 정작 파란색을 띠는 색소는 한 톨도 없다. 그것은 빛의 산란으로 인해 일어나는 현상이다. 동화 속 파랑새는 잡을 수 없는 꿈이나 이상향의 상징이다.

- 어제 낮엔 쌍무지개가 떴다. 우리가 아는 무지개의 형태는 반원이지만, 사실 무지개는 온전한 원 모양이다.

내외의 전략

○ 옷차림도 전략입니다.

어린 시절 TV로 많이 봤던 어느 정장 브랜드 광고 속 멘트다. 이것이 전략이라는 걸 깨달은 건 성인이 되면서부터다. 어린 시절엔 돈의 유무와 관계없이 옷차림을 수수하게 하고 다니는 게 좋다고 배웠다. 누군가의 특별한 가르침은 아니다. 이런 우화를 교훈이랍시고 읽긴 했다.

어느 검소한 정치인이 화려한 파티에 초대를 받았는데, 허름하게 입고 갔더니 대우를 해 주지 않더라는 거다. 그래서 다시 옷을 차려입고 갔더니 비로소 대우를 받았단다. 그 정치인은 파티장의 음식을 옷에 처바르며 이렇게 이야기했다. 이 음식은 나에게 주는 게 아니라 너희 옷에게 주는 게 분명하니 너희들이나 많이 먹으라고.

어릴 땐 대단히 감명 깊게 읽었던 이야기인데, 성인이 되고 나서 보니 민폐도 그런 민폐가 없다는 생각이 든다. 물론 검소한 것은 좋지만, TPO란 게 있지 않나. 고급스러운 옷이 아예 없다면 모를까. 좋은 옷 놔두고 굳이 고급스러운 파티에 허름한 옷을 입고 가는 것도 괴팍한 생각이다. 개같이 벌어서 정승같이 써야 한다는 건 옛말이고, 개같이 벌든 말든 자신을 위해 아낌없이 투자하는 건 나쁜 일이 아니다.

내면과 외면의 중요도에 대한 논쟁은 늘 논란이 된다. 사진을 보고 소개팅을 하는 게 옳니 그르니부터 시작해, 백화점 포장 코너가 그렇게 비쌀 일이냐며 혀를 내두르는 사람도 많다. 지금이 어느 시대인가. 배달의 시대다. 메시지도 중요하지만 그만큼 배달하는 방식 역시 중요하단 거다. 아무리 맛있는 피자라도 제대로 된 포장으로 제시간에 배달하지 못하면 그 맛에 손상을 입는다. 재화를 만들어 내는 것만 중요하게 생각하던 시대는 지났다. 10여 년 전엔 생각지도 못한 배달 업체라는 게 생겼다. 그 업계의 호황은 포장, 심지어 제지업계의 호황까지 연달아 이끌어 낸다. 이제는 잘 만든 재화를, 타인에게 잘 전달하는 것이 중요한 시대다.

외면을 가꾸는 것 또한 그 일환이다. 내면이든 외면이든 어느 것도 중요하지 않은 건 없다. 외모를 보지 않고 성격만 보고 소개팅 받는 사람은 성인이고, 그 반대는 가볍고 졸렬한 사람이란 판단도 웃기는 거다. 성격도 그 사람의 캐릭터고 외모도 그 사람의 캐릭터 아닌가. 지나치게 치우치지만 않으면 된다.

신체발부 수지부모라는 말에 따라 내 몸을 부모님의 것이라 여기는 인식 대신, 내 몸의 주체는 내가 됐다. 개인주의 시대의 긍정적 신호탄이다. 건강 유지를 기본으로 하는 외모 가꾸기가 열풍이란 건 한 블록 건너 있는 각종 운동 시설과 SNS의 수많은 운동 게시물만 봐도 안다. 워드프로세서 1급 자격증처럼 필라테스 자격증을 따고, 어중간한 배우보다 웨이트 트레이너 유튜버가 훨씬 인기다. 인바디 측정과

바디 프로필 촬영이 일반인에게도 너무나 친숙해졌고, 치킨 마요보다 닭가슴살 샐러드가 더 잘 팔린다. 배부른 돼지와 배고픈 소크라테스의 소모적인 경쟁 대신 몸짱 엉짱 헤라클레스에 더 열광한다. 안 그래도 모든 게 불확실한 세상에서 아리송한 내면 보기를 칭송하느라 지친 사람들은, 어떤 모델의 명언처럼 '노력한 만큼 보상이 따르는' 외모 가꾸기에 더 집중한다.

잘 꾸미는 것도 무기다. 아무리 비싸고 좋은 선물이라도 검은 비닐봉지에 넣어 주는 게 무슨 의미가 있을까. 예쁜 포장까지가 좋은 선물 아닐까? 굳이 그 내용물의 진정성을 강조하기 위해 포장엔 신경을 쓰지 않는다는 것도 괴팍한 장난이다. 애써 선물을 사 놓고선, 굳이 센스 없단 핀잔을 받는 선택을 하고 싶진 않은데 난.

코로나 시대의 사랑

○ 검색. 검색이 문제다. 검색이야말로 디지털 시대에서 가장 조심해야 할 경계 대상이다. 정보가 필요할 때마다 검색을 활용하다 보니 그것이 지식으로 쌓이질 않는다. 내 개인정보를 누가 언제 어떻게 검색할까 봐 걱정도 된다. 휴대폰에 저장된 전화번호를 수월하게 검색할 수 있게 된 것 또한 문제가 되기도 한다. 응? 그 편리한 기능이 왜?

연애에서다. 최근 친한 동생 A가 1년 된 여자 친구와의 다툼으로 상담을 요청했는데 이유가 그것 때문이었다. 코로나 시국 때문에 음식점에서 방문자 명부를 작성하며 여자 친구의 전화번호를 물었고, 별 문제 없이 밥을 먹는데 갑자기 여자 친구가 화를 냈다는 게 아닌가. 자신의 전화번호를 외우지 않고 있다는 사실 때문에. A는 여자 친구의 분노가 코로나보다 더 무서웠다. 그 변이가 너무 다양해 1년이란 시간을 함께 했음에도 항체가 없었다.

– 어떻게 아직도 내 번호를 안 외울 수가 있어?

– 검색하면 되는데 왜 굳이…….

– 그래도 사랑하는 사람 번호는 외워야지!

휴대폰 없이 공중전화나 집 전화로만 통화하던 시절이 있었다. 그때는 반강제로 주변 사람들의 전화번호를 외워야 했다. 나와 친하고 내가 사랑하는 사람의 연락처를 외우는 게 당연했다. 어렵지 않았다. 그 암기 과정에서 곱씹게 되는 관계의 중요성. 그것에 묻어 나오는 반짝이 같은 애정. 그때의 낭만.

그러니 1년이란 시간이 지났음에도 번호를 외우지 못하는 것에 대한 여자 친구의 서운함이 이해된다. 번호를 외우지 않는다고 해서 사랑이 덜한 것도 아닌데 왜 그걸로 싸워야 하는지 억울하다는 A의 서글픔도 알겠다. 하지만 A와 같은 처지에 놓이기 싫다면 연인의 휴대폰 번호는 반드시 외워 두길 추천한다. 검색은 쉽고 암기는 어렵기에, 그 어려운 걸 해내는 사랑의 화신이 되어 보는 거다. 검색 과정 없이 곧장 번호를 떠올릴 수 있다는 건, 그 어떤 순간이라도 당신이 0순위라는 어마어마한 사랑의 깊이로 포장된다. 장담하건대, 입대 날짜와 군번을 외우고 있다며 자랑스레 떠드는 것보다 연인의 휴대폰 번호를 당당히 외우는 게 훨씬 도움이 된다. A가 겪은 똑같은 상황에서도 이런 대화를 나눌 수가 있게 될 테니까.

— (이미 기쁨) 어? 내 번호 외우고 있어?

— 당연하지!

— (좋으면서) 전화번호를 굳이 왜 외워, 외우지 마. 그냥 검색하면 되는데.

— 내 삶의 마지막 순간에 배터리가 나가면 어떡해. 그럼 공중전화라도 찾아서 네 목소리 들어야 하잖아. 그때 네 번호 못 외우고 있다면 너무 속상할까 봐♥

이어질 환희, 감동. 캬—

P.S 이 사소하고 소소한 연애 스킬을 놓친 A에게도 칭찬해 줄 포인트는 하나 있다. '너는 그럼 내 번호 외워?'라고 되묻길 참고 인내했다는 점이다. 연인과의 다툼이란 이성이나 논리가 아닌 감정의 컨트롤이다. 연인을 이기는 게 아니라, 연인을 진정시키는 게 싸움의 목적임을 우린 늘 명심해야 한다.

사람과 사랑

○ 사랑은 단어가 아니라 문장이어야 한다.

사랑. 만으로 끝나는 게 아닌

사랑해서 보고 싶고

사랑해서 만지고 싶고

사랑해서 안고 싶은

사랑해서 그리운

사랑해서 괴롭고

사랑해서 아프고

그럼에도 불구하고 사랑하기 때문에 아픔 같은 건 가볍게 극복하고 싶은,

외로움과 고독의 사이

사랑은 문장일 때 빛이 난다.

사람은 사랑으로 문장을 만드는 유일한 존재다.

반항

○ 아이들이 부모님께 하는 첫 반항의 이유는, 대부분 실망감 때문이다. 부모님에 의해 결정되던 수많은 선택의 과정을 거치며, 아이들은 당연히 그 선택이 절대적으로 옳다고 교육받을 수밖에 없다. 그렇게 자연스레 '나의 부모님은 완벽한 선택을 하는 사람'으로 인식된다.

그리고 시간이 흐르며 내 선택은 내가 하는 상황을 섬짐 맞닥뜨리게 된다. 그렇게 아이가 어른이 되어 가면 부모님을 절대적인 어른으로 우상화하는 게 아닌, 나와 똑같은 인격 주체로 대하게 된다. 그때 내가 옳다고 믿는 선택, 내가 기대하던 선택을 부모님이 하지 않을 때 엄청난 배신감과 실망감이 한꺼번에 몰려오는 거다. 당신들은 내게 완벽한 어른이었는데 어째서 그런 선택을 하는 거냐며.

80년대 낀대들이 90년대생에게 욕을 먹는 이유도 비슷하다. 90세대의 기대치에 부합하지도 않으면서 어른티만 팍팍 내려고 하고, 그러면서도 자신을 '어른이'로 포장하며 젊음도 가지려 하는 욕심쟁이 모습도 보인다. 90년대생에게 낀대들이란, 딱히 닮고 싶은 우상이 아닌 거다.

반항이란, 다른 사람이나 대상에 맞서 대들거나 반대한다는 뜻이다. 하지만 실제로 반항이란 말이 쓰일 땐 계급의 의미가 섞인다. 높은 계급의 사람이 낮은 계급의 사람에게 잔소리한다고 해서 반항이란 말을 쓰지 않듯, 반항이란 낮은 계급이 높은 계급을 향해 표현하는 일종의 소통 행위다.

반항이란 단어의 부정적 색깔을 조금 빼 보는 건 어떨까. 반항은 말대꾸나 변명이 아니라, 하나의 동등한 인격체가 되어가는 성장통인 거라고.

오토 플레이

○ 지금 사는 동네엔 오락실이 하나 있다. 커플들의 데이트 성지로 유명한 곳이다. 언젠가 산책길에 들러 격투 게임을 한 적 있다. 어릴 때 끝판 대장을 깨고 엔딩을 본 적 있는 게임이라 호기롭게 도전을 했으나 엔딩 깨기는 실패하고 말았다. 3분도 채 안 돼서 게임 오버. 정오의 눈부신 햇살이 화면에 반사된 탓에 적의 공격에 제대로 대응하지 못한 서단 핑계를 대며 오락실을 나섰다. 오락실이 이렇게도 밝은 곳이었던가.

최초의 오락실 방문은 7살 때였다. 당시의 오락실은 음지

중에서도 음지에 있었다. 초등학생이 절대 가면 안 되는 곳이었고, 당구장과 더불어 불량배의 소굴쯤으로 여겨졌다. 그래서 더 가고 싶었다. 문밖에서 봤을 땐 전혀 문제 될 게 없어 보였다.

트리오를 하나 사 오라는 어머니의 심부름을 받고 집을 나선 어느 날, 나는 금단의 문을 열고 말았다. 오락실 문에 붙은, 당시 유행하던 스트리트파이터2의 캐릭터들이 나를 유혹했다. 류, 켄, 가일, 춘리, 혼다, 블랑카여 기다려라. 내가 간다.

딱 100원을 썼다. 고민 끝에 스트리트파이터2의 주인공인 류를 선택하기로 했다. 역시 이런 게임의 캐릭터를 선택하는 것에서도 성격이 나온다. 1번 주인공을 우선 해 보고 싶어 했던 나의 심리. 아무튼 나는 호기롭게 100원짜리 동전을 오락실 기기에 넣었고, 경쾌한 소리와 함께 게임이 시작됐다.

그런데, 한창 컴퓨터와 재밌게 게임을 하고 있는 내 옆에 한 아저씨가 앉는 게 아닌가. 저녁 9시에 이 게임을 하러 온 유부남 아저씨였다. 문제는 그 아저씨의 얼굴을 내가 알고 있었다는 거다. 동네에서 반찬 가게를 하던 아주머니의 남편, 나보다 2학년 위의 형인 B의 아버지. 두둥.

게임을 하고 집에 돌아갔더니 어머니께서 회초리를 준비하고 계셨다. 100원짜리를 하수구에 빠트려 그걸 찾느라 늦었다는 아주 완벽한 알리바이도 소용이 없었다. 범인은 그 아저씨였다. 아저씨는 에드몬드 혼다의 슈퍼박치기라는 얍삽한 수로 나를 순식간에 이긴 것도 모자라, 내 오락실 방문까지 어머니께 일러바쳤던 거다! 어이가 없었다. 아마도 그 때 처음 어른에 대해 실망을 했으리라.

요즘엔 어른은 해도 되고 아이는 안 되는 것의 구분이 점점 사라지고 있다. 엊그제 본 뉴스에선, 학생들이 더 편안하게 콘돔을 살 수 있도록 콘돔 포장을 레모나 혹은 대일밴드와 같이 보이게 하는 상품도 등장했다는 걸 보았다. 인터넷에 돌고 있는 어느 재밌는 짤엔, 곤충 채집 동호회 정모에 참석한 유부남 이야기도 있다. 그렇게나 심각하고 진지하게 온라인 활동을 했는데, 모이고 보니 본인을 제외하곤 전부 초등학생이더라는 얘기다. 결국 그 유부남은 학생들에게 밥값을 뜯기고 귀가했다는 웃픈 이야기.

나도 비슷한 경험이 있다. 휴대폰용 카트라이더 게임에 잠깐 빠진 적이 있는데, 어느 날 스타벅스에서 낯 뜨거운 경험을 하고야 만 거다. 어머니와 함께 스타벅스에 와서 신나게 휴대폰을 들고 게임 하는 7살 남짓한 꼬마, 그 꼬마가 하는 게임이 바로 카트라이더가 아닌가. 내가 저 아이와 그렇게 치열하게 순위 경쟁을 했다고 생각하니 웃음이 났다.

그래서 아재들은 오토 플레이를 하는 걸까. 게임 하는 재미도 없고, 그저 육성의 결과물만을 보는 재미. 그런 오토 플레이를 그렇게나 열심히 하는 술자리의 낀대들을 보면 가끔 신기하다. 어쩌면 그들은 요즘 세대들과 제대로 경쟁하는 것에 힘이 달리는 건 아닐까. 태어나자마자 컴퓨터를 하고, 컴퓨터가 생기자마자 메이플 스토리를 하는 90년대생들. 그들의 캐릭터 능력치 분배 센스를 80년대생들은 도무지 따라갈 수 없다. 그래서 오토 플레이가 반가울 거다. 켜 놓기만 하면 저절로 캐릭터 육성이 되니까. 가끔 현질만 해 주면 그들보다 조금 더 앞설 수도 있으니까.

이모셔널 푸어

○ 하우스 푸어나 카 푸어만 있는 게 아니다. 이모셔널 푸어도 있다. 내가 견딜 수 있을 만큼의 감정만으로 사람을 대하지 못하고, 어디선가 감정을 빌려 오는 사람들이다. 지나치게 자신을 믿고 감정적인 무리를 해 가며 사랑을 하고 사람을 만나는 사람들.

당연히 상대방은 함께 갚을 책임도 의무도 없다. 사랑하는 연인이 오늘 데이트를 할 때 쓴 돈이 설마 빌린 돈이라고 생각하는 사람이 얼마나 있으랴. 감정도 마찬가지다. 잘 베푸는 사람을 보면 그것이 그 사람의 여유라 생각하지 빚이라 생각하는 건 쉽지 않다. 그렇게 기대치는 늘어나고, 빚쟁이는 그 기대치에 부응하기 위해 또 다른 빚을 낸다. 감정의 빚은 생각보다 이자가 높다. 결국 감당할 수 없을 때가 되어 파산을 선언하면, 상대도 나도 당황스러운 결과를 맞이할 뿐이다. 이제 와서 누굴 원망하겠는가.

그러니 할 말은 제때 하고 살아야 한다. 쌓아 놓는 감정이 좋지 않다는 얘기는 너무나 당연하고, 스트레스를 잘 표현하는 방법에 익숙해져야 한다. 그래야 내가 말하고 싶은 것의 엑기스만 잘 뽑아 경제적인 소통을 할 수 있다. 심리학자들이 말하길 손해의 강도는 이익보다 약 두 배 강하다고 한다. 손해를 자주 때려 그 단단한 강도에 익숙해져야, 이익을 나누는 것도 잘하게 된다. 그것이 빚내고 살지 않는 현명한 감정 재테크 방법이다.

프로덕슈머

- 공짜도 없고 공자도 없는 세상이다.

- 돈 주고 물을 사 먹는 게 말도 안 되는 상상이던 시기가 있었다. 이젠 너무나 당연히 물을 사 먹는다.

- 모든 것이 상품화됐다. 한 시대를 풍미했던 스포츠 스타의 혹독했던 선수 시절도, 모태 솔로의 구구절절한 구애도, 헤어진 연인과의 애틋한 재회와 짙은 사랑의 눈물마저도 모두 예능 상품이 돼 버렸다. 육체의 대상화를 넘어선 감정의 대상화 시대에 살고 있다.

- 소비자와 생산자를 결합한 프로슈머 이론이 대두된 게 벌써 몇 년 전인가. 지금은 소비자와 생산자, 그리고 상품까지 전부 통합된 '프로덕슈머'라는 개념이 나와야 하지 않을까? 요즘 세대만큼 자신을 잘 상품화하는 이들도 없다. 미모나 끼, 각종 재능을 활용해 틱톡과 릴스에 영상을 올린다. 유튜브 콘텐츠를 만든다. 팔로워를 늘려 유료 광고를 유치하고, 새로이 돈을 버는 경제 활동에 익숙하다.

- 낀대들은 상품화라는 단어에 유독 부정적인 시각이다. 그래서 요즘 세대와 경쟁 자체가 안 된다. 명품을 소비하는 사람 중 그 명품을 제대로 소유하는 사람이 없다는 걸 낀대들도 안다. 이미 주객이 전도되어, 내가 명품을 소유하는 게 아닌 명품에게 끌려가는 소비를 하는 낀대들도 많다. 요즘 세대들은 그 현상을 오히려 자연스럽게 받아들인다. 나보다 나은 상품이 있을 수 있다는 걸 쿨하게 인정하는 거다. 그래서 거리낌 없이 자신을 상품화한다.

- 개나 고양이에게 인간만큼의 가치를 부여하듯, 명품에도 똑같이 가치를 부여하는 것뿐이다. 무생물이라고 해서

그 존엄성이 없겠는가. 어설프게 명품에게 끌려다니는 못난 사람보다, 훌륭한 명품 그 자체의 가치에 후한 점수를 주는 것. 웃픈 현실이다.

- 확실히 주객전도라는 말을 새삼 느낄 때가 많은 요즘이다. 예전에는 한 번 방문했던 가게의 음식이 인상 깊을 때 그곳에서 다시 음식을 시켜 먹곤 했다. 요즘은 반대다. 산책 중 발견한 가게의 이름이 낯이 익어 곰곰이 생각해 봤더니, 그 언젠가 배달 앱으로 시켜 먹었던 가게였다. 직접 방문해 본 적은 한 번도 없었다.

- 내 경험의 전승은 과연 누구를 위한 것일까. 시스템이 무너지지 않게 하기 위한 수단은 아닐까. 요즘 세대들은 본능적으로 그것을 안다. 그 경험을 전달하는 딜리버리의 힘듦을. 내가 윗세대에게 그러한 경험치를 전승받을 경우, 다시 아랫세대에게 그것을 전승해야 하는 묵직한 책임감을. 그래서 그들은 본능적으로 윗세대에게서 배달 주문받길 꺼리는 건 아닐까.

어른이날에 선물하면 딱 좋을,
어른이들을 위한 동화 혹은, 신화

○ 에필로그에 다다라서야 이런 고백을 하는 게 웃기지만, 사실 708090의 단순한 숫자로 나누는 세대론은 큰 의미가 없다. 모든 건 케바케• 사바사••다. 90년대생보다 깨어 있는 70년대생 혹은 그 윗세대분들도 많고, 그 어르신들보다 꼰대 같은 90년대생도 있다. 세대론이라는 건 그저, 점점 더 세분되고 첨예해지고 있는 가치 대립 전쟁 사이에서 갖고 싶은 일종의 보편적 소속감이다. 술자리 이야기를 쉽게 하기 위한 유희적 단어다.

• 케이스 바이 케이스(case by case).
•• 사람 바이 사람(사람 by 사람).

〈낀대세이〉라는 책의 기획을 이야기했을 때도 가장 열광했던 게 90년대생들이었다. 꼰대들이 이해 안 간다며 관심을 보인 게 아니다. 오히려 '제가 그 꼰대예요!'라며 동조하는 90~93년대생들이 많았다. 이들은 이미 자신을 신세대라고 생각하지 않는다. 30대가 목전인데 무슨 신세대냐며, 꼰대가 되어 가는 본인의 모습을 자랑스레(?) 이야기했다.

그래서 세대를 숫자로 구분 지을 거면 '708090 vs 00년대생'의 대결 구도로 나눠야 하는 게 아니었나 하는 생각도 든다. '귀엽다'를 '커엽다'로 쓰길 즐기며 파괴에서 창조를 만들어 내는 00년대생들, 활자보다 유튜브를 더 많이 보고 자라 '기계가 말을 한다'라는 설정이 SF가 아닌 현실인 세상에서 자란 00년대생들은, 무한대 기호∞처럼 정말로 무궁무진하게 호기심이 드는 존재니까.

동향에서 자라 겹치는 친구들이 꽤 있는 지인이 한 명 있다. 물러서서 보면 엇비슷한 '동년배의 부산 사람'이지만, 한 발짝 가까이 다가가면 미세한 경험이 완전히 다르다. 부산에서도 사는 동네가 달랐고, 대학 전공이나 20대 놀이 문화도 달랐다. 30대 직업적 경험을 포함해 같은 거라곤 하나도 없다. 그와 나의 거리감을 하나의 세대나 '낀대'라는 어휘로 감히 좁힐 수 있을지언정, 똑같은 낀대라고 하는 건 무리가 있다. 만약 신입 사원들을 모아 놓은 자리에서 그 이야기가 나오면 100% 이런 언쟁이 나올 법하다. 누가 더 꼰대 같냐고.

애초에 어떤 사람들을 '꼰대'라 부르는 걸까? 다름을 인정하지 않고 틀렸다고 생각하는, 그 생각을 강요하는 이들이라는 게 대표적인 통념이다. 개별성을 인정하지 않고 본인만의 룰을 강요한다거나 상대적 권력의 우위에 서 있다고 생각하는 집단인 것이다. 보수와 진보의 차이가 아니다. 보수에도 진보에도 꼰대는 있다. 꼰대란, 한마디로 '변화'를 받아들이지 못하는 존재들이다. 여자는 혹은 남자는 이라는 수식어가 습관이 된 상무, 주 52시간 노동이 법으로 보장되는 이때 야근이나 주말 출근을 권장하는 팀장, 재택근무 화상 미팅에서조차 정장 차림을 고수하라는 차장.

우리 낀대들은 그들과 같은 꼰대가 되기는 싫다. 그 꼰대들과 함께 뭉뚱그려지는 것이 억울한 세대다. 새로운 세대를 감당하는 건 마찬가지로 어렵지만, 그래도 그 중간의 간극을 좁혀 보려 애쓴다. 젠더와 자아에 대해서 이전 세대보다는 확실히 더 열려 있고, 90년대 이후 세대들보다 오히려 다원주의적이다. 양극화되어 있지 않아 양극화를 좁히려 한다.

대면 시대에 성장했고 운동장에서 몸을 부대끼며 살아온 덕택에 인간미도 있다. 286을 알면서도 5G를 살아간다. 그 변화에 적응하기 위해 부지런히 학습한 성실한 세대다. 그렇게 문화-감성적으로 풍부하게 경험하고, 누리고, 그래서 밀어주고 끌어 주길 개의치 않는 존재가 바로 낀대 아닐까?

그래서 우린 90년대생과의 대결 구도를 원하지 않는다. 우리가 경험하고 축적해 온 가치를 빛내고 싶은 욕심 때문에 그렇게 보일 뿐이다. 윗세대로부터 전승된 병폐를 깨야 한다는 건 너무나 잘 알고 있다. 다만 서투르다. 한 번에 팍— 깨지 못하고 어설프게 툭, 깬 달걀 껍데기 잔해 때문에 늘 고생이다. 그걸 찾아 헤집느라 예쁜 프라이를 굽지도 못하는 안타까움이야말로 우리가 제일 통감하고 있다.

그래서 우린 이전 세대와 새로운 세대를 둘 다 충분히 이해하려 한다. 둘을 연결해 주는 이상적인 존재가 되고 싶다. 미움받을 용기를 가지고 있지만, 사랑받는 기쁨을 모르는 건 아닌 아이러니한 존재다.

당신도 낀대였고 낀대이며 낀대일 것이다. 어차피 모두가 낀대가 된다. 70들도 그 언젠가는 낀대였으며, 90과 00도 공식적인 낀대가 될 날이 머지않았다. 솔직함과 당당함은 동서고금을 막론한 모든 신세대의 몫이고 그 신세대는 또 다음의 신세대를 맞이하며 '요즘 애들은'이란 말에 익숙해진다. 세대라는 것은 그렇게 언젠가 끝나는 것이다. 그래서 우린 더 열심히 살아간다. 그 진정성은 80이든 70이든 90이든 별 차이가 없다. 이렇게 생각하면 어떨까. 세상을 함께 살아가며 시대를 만들어 나가는 존재가 세대라고. 언젠가 나의 세대가 끝날 것을 알기에 우리 세대를 사랑하는 것뿐이라고. 그 사라질 것에 귀여운 애칭을 하나 붙여 본 게 바로 '낀대'라고.